AF236744

Michael Göbel

Märchen auf Ruhrpottisch

Band 8

Hans Christian Andersen´s Märchen,

umgeschrieben ins Ruhrpott-Deutsch

Bibliografische Information der Deutschen Nationalbibliothek:
Die Deutsche Nationalbibliothek verzeichnet diese Publikation
in der Deutschen Nationalbibliografie; detaillierte bibliografische
Daten sind im Internet über abrufbar.

Copyrigth © 2020 bei Michael Göbel

Alle Rechte vorbehalten.
Die Verwendung von Text und Bildern, auch Auszugsweise,
ist ohne schriftliche Zustimmung des Autors (Urheber)
urheberrechtswidrig und strafbar.
Dies gilt insbesondere für die Verwendung in elektronischen Medien,
Systemen und für die Vervielfältigung

Cover Foto: Pixabay
Herausgeber: Manuela Göbel
Autor: Michael Göbel
Illustration: Gemeinfreie Bilder/ über 100 Jahre alt
Text; nach Vorlage von Hans Christian Andersen

Herstellung und Verlag:
BoD – Books on Demand, Norderstedt

ISBN: 9783752638783

Inhaltsverzeichnis

Einleitung / Vorwort

Hömma, liebe Mäachenfrounde !

Kea, nach sieem Bändn un etwa 115 Mäachen auf Ruhrpottisch vonne Gebrüüda Grimm, fänkt getz mit diesm Büüchsken un dem Band 8, ne neuje Äära mit Mäachen von Hans Christian Andersen an. Et sin hia nachfolgnd de eastn zehn runna-gekritzlt; un weitre Bände tun folgn machn, weisse.

Hömma, de Mäachen sin au widda, soweit et gehn tut, mit 29 töftn Bildkes untaleecht; diesma vom dänischn Illustratoa un Maala, „Thomas Vilhelm Pedersen", dea hatte von 1820-1859 geleept un wa dea Haus-Illustratoa von Andersen un de Bildkes haabm somit übba hunnat Jäachen auffm Buckl, weisse.
Hömma, ich hoff ja, dat euch de Mäachen au diesma widda gefalln tun un datta dat Büüchsken eujan Froindn, Bekanntn un Vawandtn anz Heazken leegn könnt.

So, ich will hia getz aunich weita rumpalaawan, oda euch zukwatschn un wünsch damma viel Spässken, mitte Mäachen von Hans Christian Andersen, in pöttischa Spraache, woll.

Liebe Grüßkes
vom Mäachenonkl Micha

Det Kaisas neuje Klamottn

Ey hömma, et wa eima voa vieln Jaahn, da leepte im Ruhapott nen Kaisa, dea so ungeheuja viel auf neuje Klamottn am Leibe hielt, datta all seine Kneete dafüa ausgaap, um recht geputzt un töfte auszeseehn, vastehsse!? Er kümmate sich´n Dreck umme Soldaatn, kümmate sich nich ummet Theaata un liepte et nich, auf Trallafitti zu faahn, aussa nua, um seine neujen Plöaan zeign zu tun. Hömma, er hatte nen Rock füa jedet Stündken det Tachs un ebentso, wie man vonnem Könich sachte, er sei im Raate, so sachte man hia imma:
„Dea Kaisa sei inne Gadroobe drinne."

Inne grooßn Stadt Essn, hia bei unz im Ruhapott, in welcha dea Kaisa wohnte, ginget munta zu; an jeedn Tach kamen viele Fremde Leutz an. Einet Tachs kamen au zwei Betrüüga inne Stadt un gaabm sich alz Weeba aus un sachtn, datse de töftestn Klamottn, die man sich nua denkn könnte, zu weebm vaständn. De Faabm un dat Musta wään nich allein ungewööhnlich töfte, sondan de Plöaan, die voa Zeugn genääht wüadn, hättn de wundabaare Eingschaft, datse füa jeedn Menschn unsichtbaa wään, dea nix füa sein Amt taugn tut, oda unvazeilich dusselich im Kopp sei.
„Kea," dachte dea Kaisa, „dat wään ja de richtign Klamottn füa mich un wennich de neun Plöaan anhätte, dann könnte ich dahinta komm, welche Keale in mein Reich nix auffm Kastn haabm un füa iha Amte nich taugn tun; ich könnte de Gewitztn vonne Dusslign untascheidn! Kea hömma, dat Zoich von Plöaan muss gleich füa mich geweept weadn!"

Dea Kaisa ließ de Betrüüga antanzn un gaap ihnen ne Menge Moneetn auffe Kralle, damitse mitte Malooche beginn konntn.

7

Illustration: **Thomas Vilhelm Pedersen** 1820 - 1859 (Bild-PD-alt)

Hömma, se stelltn zwei Weepstühlkes auf un taatn so, alz opse Maloochn wüadn; abba se hattn nich dat Gerinkzte auffe Stühlkes. Ganz frech valanktn se feinzte Seide un Gold, abba dat stecktn se sich inne eignen Taschn un maloochtn weita anne leean Stühlkes, biss späät inne Nacht hinein, damit davon keina Wind bekam, datse eingzlich nix weebm machtn.

„Ja kea," dachte dea Kaisa, „ich möcht domma wissn tun, wie weit de Keale mittm Zoich füa mich schonn sin."

Abba et wa ihm nich so ganz kooscha zu Mute, weisse, wenna dran dachte, dat nun Deajeenige, welcha dusselich oda schlecht zu seinem Amte tauge, de Klamottn nich seehn könne. Nun glaupte er zwaa, datta füa sich selpz nix zu füachtn bräuchte, abba er wollte east nen Andren zu se sendn, um seehn zu tun, wie weit de Seegas schonn gekomm sin. Hömma, alle Leutz det Reichs wusstn, welche besondre Kraft de Plöaan hättn un Alle waan begiearich, seehn zu tun, wie dusselich un schlecht iha Nachbaa doch sei, wenna se nich eakenn könnte.

8

„Ach kea" dachte dea Kaisa, „ich schick ma mein eahlichstn
Minista zure Weeba! Er kann am bestn beuateiln, wie dat Zoich
aussieht, denn er hat ja Vastant inne Biane un Keina vasieht
sein Amt bessa, alz er!"

Hömma, nun laatschte dea olle, guute Minista nache Weeba
hin, um zu seehn, wat getz Ambach mitte Klamottn vom Kaisa
is. Er ging innem Saal, wo de Halunkn saaßn un anne leean
Weepstühlkes maloochtn. „Gott bemühe unz!" dachte dea olle
Minista un riss de Klüüsn auf, „kea, ich kann ja gaanix
eablickn," abba sachte keinen Muckz. De beidn Betrüüga baatn
ihn, gefällichst näha zu komm un fraachtn, op et nich nen töftet
Musta un tolle Faabm wään. Dann zeichtn se auffe leean
Weepstühlkes un dea aame, olle Minista fuha foat, seine
Glupschas weita aufzureissn: abba er konnte nix seehn, denn
et wa einfach nix da, weisse.
„Jotta jotta jottchen," dachta, „sollte ich etwa dusselich sein?
Kea, dat habbich ja nie von mich geglaupt un dat daaf keine
Sau wissn! Sollte ich etwa nich zu meinem Amte taugn tun?
Nee hömma, dat kann nich angehn, dat ich dem Kaisa eazähle,
dat ich keine Klamottn seehn konnte!"

„Wat is" sachte eina vonne Betrüüga „wat saagnse getz dazu?"

„Ja weisse, oh ja, et is ächt niedlich, schukkelich un töfte
zugleich! Hömma, einfach ganz allaliepzt!" antwoatete dea
Minista un saah duach sein Spekulieaeisn. „Diese Musta un
diese Faabm, einfach genjaal, ich weadz dem Kaisa berichtn
machn, dat et mich seha guut gefalln tut."

„Dat tut unz freun!" sachtn de Weeba un darauf nanntn se de
Faabm beim Naahm un eakläatn dat seltsaame Musta.

Dea Minista passte gut auf, datta allet im Schäädl bekam un dem Kaisa selbiget saagn zu könn, wenna zu ihm zurückkäme; un dat taata dann auch hömma. Nun valanktn de Betrüüga nomeha Penunsn, Seide un Gold, datse zum Weebm brauchtn. Abba se stecktn et sich allet inne eigne Täsch, weisse; auffe Weepstühlkes kam nich ein Faadn am liegn, abba se fuahn foat, so wie bishea un maloochtn weita anne leean Weepstühlkes.

Dea Kaisa sannte alzbald widda nen eahlichn Staatzmann zure Weeba, um zu seehn, wat nun Ambach is un op de Klamottn bald feddich sein. Hömma, et ging ihm geradeso, wie dem Eastn; kea, er saah un glotzte sich um, abba weil aussa de leean Weepstühlkes nix da wa, so konnta nix seehn tun un dachte, datta meschugge sei, weisse.

„Hömma, is dat nich´n töftet Zoichs?" fraachtn de Halunkn, zeichtn un eakläatn dat prächtige Musta, welchet nich da wa.

„Kea, binnich döösich im Kopp?" dachte sich dea Minista; et sei denn, dat ich zu meinem Amte nich taugn tu! Dat wäa abba komisch. Abba dat mussich mich ja nich anmeakn lassn!"

Er loopte de Plöaan, welche er zwaa nich saah un vasichate ihnen seine Froide übba de schön Faabm un dat ungewööhnlich töfte Musta un alza zum Kaisa zurück kam um ihn zu berichtn, sachta nua;
„Herr Kaisa, et is ganz allaliepzt, de Klamottn seehn prächtich un töfte aus!"

Alle Leutz inne Stadt kwatschtn nun vonne prächtign Plörren. Kea hömma, getz wollte dea Kaisa et selpz seehn, wäahrent et noch auffe Weepstühlkes sei. Mit nea ganzn Schaa ausgewählta Keale, unta andrem au de beidn Minista, die schonn früha beie

10

Weeba geweesn waan, laatschte dea Kaisa zure beidn listign Bertüügan, die aus alln Kräftn weeptn, abba wie imma, ohne Faasa un Faadn, vastehsse!?

„Kea, isset nich prächtich," sachtn de beidn Staatzmänna, die schomma da waan. „Seehn se Euja Majestäät, wattn schnieket Musta un wat füa töfte Faabm" un zeichtn mitte Griffl auffe leean Weepstühlkes, denn se glauptn, dat de Andren dat Zoich nich seehn könntn.

„Wat? Kea, wat is dattn? Jaa nee, is klaa!" dachte dea Kaisa, „ich tu donnix seehn hömma! Dat is ja schrecklich! Binnich getz döösich? Tauch ich nich dazu, Kaisa zu sein? Kea, dat wäa ja dat schreckzlichste, wat mich passiean könnte!" un sachte: „Oh, jaa, et is hüpsch! Dat Zoichs hat mein allahööstn Beifall!"

Er nickte zufrieedn mittn Kopp un betrachtete gespannt un andächtich den leean Weepstuhl, denn er wollte ja nix falschet saagn, weila ja nix seehn konnte. Hömma, dat ganze Gefolge, welchet er beisich hatte, saah un saah, glotzte un glotzte un bekam kein Ton übba de Lippm, weilse ja nich wusstn, wat de Andren saahn un alle sachtn in einem Zuuge, wie dea Kaisa: „Oh, jaa, et is seha hüpsch!" un rieten ihm, de neujn un prächtign Klamottn dat easte ma beie großn Prozzession auffe Zeche Zollvaein traagn zu tun.

„Kea, et is einfach healich, schnukkelich, töfte un exellent!" so ging et von Schnüss zu Schnüss: man schien allaseitz innich un freudich darübba un dea Kaisa valieh den Betrüügan den Tittl: „Kaisaliche Hoofweeba" weisse.
De ganze Nacht un den Moagn, am Tach, an dem de grooße Prozession stattfindn sollte, waan de beidn Betrüüga auf un

hattn übba sechzenn Latüchtn angezündet. De Leutz konntn seehn, wie fleissich un innich se am maloochn waan, um det Kaisas neuje Klamottn fedddich zu machn. Se taatn, alz opse dat Zoich ausse Weepstühlkes hooltn, se schnittn mit mächtign Scheean inne Luft hearum, se näähtn mit Näähnaadln ohne Fäädn un sachtn zuletzt:
„Nun sin de Plöaan det Kaisas sin feddich!"

Hömma, dea Kaisa seplz un seine voanehmstn Kawalieare kam dahin un de beidn Betrüüga hoobm den Aam inne Höhe, graade so, alz opse etwat hieltn, weisse un sachtn zum Kaisa:
„Ach, seeht nua Euja Majestäät, hia sin de Beinkleida! Sin dat nich töfte Buxn? Kumma, hia is dea Rock! Kea, is der nich schukkelich anzuseehn? Un seeht hea, hia is dea Mantl! Dea is doch sowatt von prächtich, woll?" un so weita un so weita.
„Hömma Euja Majestäät, et is so leicht wie Spinnweebm; man sollte glaum, man hat nix auffe Pelle: abba dat is ja graade de Schönheit dea Klamottn un de Plöaan wean Euch sowatt von töfte stehn tun!"

Da schrien alle Kawalieare:
„Jau, so isset," abba seehn konntn se nix, denn et wa ja au nix da, weisse.

„Hömma Euja kaisaliche Majestäät, belieebm se getz ihare neujen Klamottn allagnäädichst anzuströppm?" fraachtn de Betrüüga, „so wolln wa Ihnen, hia voam großn Spiegelke inne Klamottn helfm tun!"

Dea Kaisa ströppte seine olln Plöaan aus un de beidn Betrüüga stelltn sich, alz opse ihm jeedet einzelne Stücks vonne neujen Klamottn anzöögn. Alze feddich waan, wendete un drehte sich dea Kaisa voam großn Spiegelke un dachte, datta ächt töfte aussah, abba er sa de Klamottn ja nich, denn et gaap ja keine. „Ach nee, wie gut se Ihnen kleidn machn! Kea, wie healich Ihnen de Plörrn sitzn tun! sachtn da alle. „Welchet schnukkliget Musta, welch töfte Faabm! Dat is ma ne kaisaliche Tracht! Kea, da könnta ächt ein drauf lassn!"

„Hömma, draußn stehn se schonn mittn Thronhimml, welcha übba Euja kaisaliche Majestäät inne Prozzesion getraagn weadn soll un dat Volk eawaatet se in Ihrn neujen Klamottn," meldete dea Obazeremonjenmeista.

„Kea seeht doch, ich bin feddich," sachte dea Kaisa, "Kea, wat et töfte sitzn tut" un wendete sich dem Spiegelke zu, denn et sollte so schein tun, alz oppa seine schniekn Klamottn nomma beglotzn wüade un sich dran eafreute. De Kammadiena, welche de Schleppe traagn solltn, bücktn sich un griffm mitte Pootn nachm Fuußboodn, graade so, alz opse de Schleppe aufhööbm; se gingn un taatn so, alz wennse wat inne Luft hieltn; se waachtn et nich, sich wat anmeakn zu lassn, datse nix seehn konntn, vastehsse!? So laatschte dea Kaisa ganz stolz inne Prozzession untam Thronhimml, zua Zeche Zollvaein un alle Leutz auffe Straaße un anne Fenstakes spraachn:
„Ach Gott, wat sin det Kaisas neuje Klamottn unvagesslich schöön; kea, wat ne Schleppe er am Kleide hat un wie töfte doch allet sitzn tut!"

Hömma, denn keina wollte sich anmeakn lassn, datta nix saah, denn dann hätte er ja nich zu seinem Amte getaucht oda wäa seha döösich geweesn. Kea, keine andren Plöaan det Kaisas hattn bishea solchet Glück gemacht, wie diese. Doch da mitma, da rief entzlich son kleina Stöppke hinein:

„Ha, ha, ha! Dea Kaisa hat ja nix an! Dea is ja fast nackich! Er hat ja nua seine olle Elli un nen Hemdken auffe Pelle!"

Illustration: **Thomas Vilhelm Pedersen** 1820 - 1859 (Bild-PD-alt)

„Oh Gott, höat de Unschuldign seine Stimme," spraach dea Vadda det Stöppkes; un dea eine flüsstate dem andren zu, wat dat Blaach gesacht hatte.

„Abba er hat ja gaanix an," rief mitma dat ganze Volk.

Dat Gelaaba eagriff dem Kaisa, denn et schien ihm so, alz hättn se Recht; abba er dachte beisich:
„Ja kea, getz mussich de Prozzession nua noch aushaltn tun un dann is füa heute, eh Schicht im Schacht."

De Kammadiena gingn getz noch straffa un mit root eahoobnen Kopp un truugn de kaisaliche Schleppe, die gaanich da wa un hieltn dem Kaisa weita die Stange, weisse.

* * ENDE * * *

De Prenzessin auffe Kohle

Kea hömma, et wa eima nen Prinz aussm Ruhapott un dea Seega wollte ne Prenzessin zua Braut, abba et sollte ne richtge Prenzessin sein, dieja heiratn tun wollte. Da reiste er inne Weltgeschichte umhea um sonne olle Trulla zu findn, abba übbaall wa ihm wat im Weege un hatte kein Glück, weisse. Hömma, Prenzessinen gaabet abba genuch im Pott, nua oppet wiakliche Prenzessinen waan, konnta nich rauskriegn machn. Denn imma wa wat, wat nich so ganz kooscha wa, weisse. Da kama einet Tachs widda na Hause un wa ganz bedröpplt, denn er wollte ja so geane ne schnukklige Prenzessin an seina Seite, vastehsse!?

Einet Aahms zooch nen schrecklichet Gewitta auf; et schüttete wie aus Eiman, et donnate un blitzte, dea Reegn pläädate nua so runna, denn et wa so entzsetzlich am pläästan dran!

Da kloppte et heftich anz Stadttoa un dea oll Könich laatschte hin, ummet aufzumachn. Hömma, et wa ne Prenzessin, die da klitschnass voam Toa am stehn wa. Kea, wat saahse vonem Unwetta usselich aus! Dat Wassa lief iha vonne Häächen duache Klamottn runna; et lief iha sogaa inne Schnääbl vonne Schühkes rein un anne Hackn widda raus. Un se sachte, opwohl se so usselich aussah, datse ne Prenzessin sei.

„Jaa nee, is klaa!" dachte de oll Könjin, „dat weadn wa schonn in Eafaahrunk bringn," sachte abba nix dazu un bliep stikkum.

De oll Könjin, dat hintalistige Mistviech von Luuda, laatschte inne Schlaafkamma, nahm alle Bettn ap un leechte iha nen mickriget Stückzken Kohle untn auffm Boodn vonne Bettstelle; dann nahm se zwanzich Matratzn un Eidaduun-Bettn oohmauf. Darin musste de Prenzessinn nun drauf liegn machn un ratzn. Am näästn Moagn wuadse gefraacht, wiese denn gepennt hätte.

Illustration: **Thomas Vilhelm Pedersen** 1820 - 1859 (Bild-PD-alt)

„Ach kea, schrecklich mies!" sachte de Prenzessin. „Ich happ de Klüüsn de ganze Nacht nich zugetan! Nua Gott weiß, wat da Ambach wa un inne Poofe geweesn is! Hömma ich dachte, ich happ auf wat Haatm geleegn, so dat ich getz ganz grüün un blau, übbaall am Balch bin! Kea, wat wa dattn entzsetzlichet gepenne hömma."

Hömma! So saahn se nun alle ein, dat dat ne richtge Prenzessin wa, un datse duache zwanzich Matratzn un de Eidaduun-Betten hinduach, dat mickrige Stückzken Kohle inne Poofe vaspüat hatte. So empfintlich konnte Niemand sein, aussa ne wiakliche un ächte Prenzessin, weisse. Da nahm dea Ruhapott-Prinz de Trulla zua Olle, denn nun wussta ja, datta ne wiakliche Prenzessin an seina Seite besääße; un dat Stücksken Kohle kam inne Kunztkamma zua Ausstellunk, wose nonne ganze Zeit zu seehn wa; abba nua, wennse Niemand stebitzt hat, weisse.

Kumma an, dat wa ma nen waahret Döneken, hömma!

ENDE

16

Dea fliegende Koffa

Hömma, et wa eima nen Kaufmann einet Tante Emma Laadns, dea wa so reich, weisse, datta de ganze Straaße un fast noch´n kleinet Gässchen dazu mit seine Silbamoneetn pflastan konnte; abba dat taata nich; er wusste seine Penunsn andas anzewendn. Kea hömma, gaapa ma nen Zwickl aus, so bekaama nen Heijamann zurück; denn son kluuga Kaufmann waara geweesn, bissa dann inz Grass biß, weisse.

Sein Bengl bekamm all seine Moneetn un er leepte ächt lustich in den Tach hinein, jeede Nacht ginga auf Trallafitti zua Maskerade un zum Süppln, machte sich seine Zigarrn imma mittm Fuffi an un waaf immama Fitschn mit Goldstückskes auffm See, anstatt Steinkes zu nehm, weisse. Hömma, auf diesa Weise sollte de Kohle schonn alle weadn un dat wuadse auch.

Zuletzt besaaßa nich meha alz nua viiea Maak un hatte keine andren Klamottn am Leip wie nen Paar olle Puschn un nen olln Schlawwanzuch. Nun kümmatn sich seine Froinde nich meha um ihn, da se sich mit ihm zusamm ja mich meha auffe Straaße blickn lassn konntn; abba eina von ihnen sannte ihn nen olln Koffa, mitte Bemeakunk: „Pack ein un zieh los!"
Ja nee, is klaa hömma, dat wa ja allet gut un schöön, abba er hatte nix drinne einzupackn, darum hockte er sich selpz innen Koffa. Kea, dat waan meakwüadiga Koffa. Hömma, sobald man an dat Schlößken drückte, konnte dea Koffa fliegn machn. Er drückte un schwupz! floocha duach den Schoanstein hoch oohm inne Wölkskes hinauf, weita un imma weita wech. So oft au imma dea Boodn det Koffas ein weenich knackte, bekaama abba Muffmsausn, dat dea Koffa sich in tausnde von Teilkes auflöösn könnte, denn dann hätta ja nen tüchtign Kisslköppa gemacht - Gott bewaahre unz!

17

Illustration: **Thomas Vilhelm Pedersen** 1820 - 1859 (Bild-PD-alt)

Auf soiche Weise kaama nachm Lande vonne Tüakn. Den olln Koffa vasteckta im Walde unta Blättkes un laatschte inne Stadt hinein. Hömma, dat konnte er da au ganz gut tun, weisse, denn de Tüakn liefm doat alle im Schlawwanzuch rum; so wie er im Nachtpolta un Pantöffelkes lief, weisse. Da begeechnete er ne Mudda mit nem klein Stöppke auffm Aam un sachte:
„Ey samma Tüakmatka! Wat issn dat füan mächtiget Schlösske so dicht beije Stadt, wo de Fenstakes so hoch sein tun?"

„Ja weisse, da tut dat Töchtaken det Könichs drin am wohn!" eawiedate se. „Et is proffezeit, datse übba nen Gelieptn seha unglückzlich weadn wüade un deshalp daaf Niemand zu se hinkomm, wenn nich dea Könich un de Könjin mit dabei sin, vastehsse!?"

„Ich dank dich!" sachte der Kaufmann un ging hinaus innen Wald, er pfleetzte sich in sein Koffa un flooch auffet Dach det Schlösskens, krabbelte duachs Fensta zua Prenzessin hinein. Se laach auffm Schesselong un wa am pennen dranne; se wa so schnukkelich, dat dea Seega se knuutschn musste.

18

Da eawachte se un easchraak gewaltich; abba er sachte, er sei dea Tüakngott, dea duache Lüfte zu se runnagekomm wäa un dat gefiehl iha gewaltich. Hömma, so saaßn se nun neehmnanda un er eazählte iha Dönekes von ihan schöön Glubschean: dat wäan de healichstn Klüüsn, de dunklstn Seen un da schwämmen de Gedanken gleich Meerweipchen. Dann laabate er von ihra Stian; se wäa nen Schneebeach mit prächtign Sääln un töftn Bildkes. Un eazählte se ein vom Klappastoach, dea de lieplichn Blaagn bringn tut. Ja, dat waan waahlich schnukklige Dönekes! Dann hielta wacka um ihare Flosse an un se sachte gleich: „Jaa, ich will dich!"

„Abba hömma!" sachte se, „Du muss abba am Sonnaahmt hea komm tun, da is dea Könich un de Könjin hia bei mich zum schwattn Tee! Se weadn dann seha stolz auf mich sein, dat ich den Tüakngott bekomm tu. Abba seeh zu, datte nen recht töftet Määchen ausse Äaml schüttln kannz, denn dat tun meine Eltan aussaoantlich liebm machn, weisse. Meine Mudda willet moraalisch un voanehm un mein Vadda willet eha lollich un belustigend haabm, so dat man sich genüßlich beömmeln kann, vastehsse!?"

„Jaa nee, is klaa hömma!" sachta, „Ich bring nix andret alzn töftet Määchen aussm Ruhapott mit" un so schiedn se easma einanda.

Hömma, de Prenzessin gaap ihn nen Sääbl, dea wa voll mit Göldstückskes besetzt un den konnta graade gut gebrauchn machn, denn er wa pleite. Nun floocha foat, kaufte sich nen neujen Nachtpolta, so nen wie de Tüakn ihn traagn tun un saaß draußn im Walde un dichtete sich'n Määchen; dat sollte biss zum Sonnaahmt feddich sein, abba et wa nich so leicht, weisse.

19

Alza mittm Määchen feddich wa, da wa au schonn Sonnaahmt, dea Könich un de Könjin un au dea ganze Hoofstaat waatetn beie Prenzessin un er waad doat au seha nett empfangn woadn.

Illustration: **Thomas Vilhelm Pedersen** 1820 - 1859 (Bild-PD-alt)

„Na, wollnse unz nich´n Määchen vatelln," fraachte de Könjin, „einz, wat so richtich tiefsinnich un beleaant is?"

„Hömma, abba au so einz, wobei man sich so richtich dolle beömmeln muss!" schmiss dea Könich sofoat hintahea.

„Jawollo," sachte dea Kaufmannssohn un kwatschte los; „abba da müssta gut aufpassn, woll. - „Hömma, et wa eima nen Bündken Schweeflhölzkes, de waan, so mächtich stolz auf ihare Heakunft! Iha Stammbäumken, dat heißt, de grooße Fichte, wovon se jeedet nen mickrich kleinet Hölzken waan, wa nen mächtiget un seha ollet Bäumke im Walde geweesn."

20

De Streichhölzkes laagn inne Mitte zwischn nem Feujazeuch unnem olln eisanen Topp un se eazäähltn un schwelchten von ihara Juugendzeit.

„Ach kea, alz wa noch auf dem grüünen Zweige waan!" so sachtn se, „da waan wa wiaklich noch auffm grüünen Zweige! Jeedn Moagn un Aahmt gaabet Diamanttee, dat wa dea Tau; den ganzn Tach hattn wa Sonnschein, wenn dea Lorenz knallte un alle Vögelkes musstn unz Dönekes eazäähln. Wia konntn wohl meakn tun, dat wa reich waan, denn de Laupbäumkes, se waan nua im Somma bekleidet, abba unsre Mischpoke hatte wat auffm Kastn un se machtn, dat wa dat ganze Jaah übba, dat grüüne Bäumkenkleid traagn konntn, sowohl im Somma wie im Winta, weisse. Doch dann, iangswann kam dea Holzbaua; hömma, dat wa ne Rewuluzion un unsre ganze Mischpoke wuade zeasplittat. Dea Stammherr eahielt ne Stelle alz Hauptmast auf nem prächtiget Schiffken, welchet de ganze Welt umseegln konnte, wenn et et wollte; de Zweigskes kamen nach andre Oate un wia, wia ham nun dat Amt, dea niedrign Menge, dat Lichtken zu empfachn. Deshalp simma alz voanehme Leutz hia inne Küche gekomm, weisse."

„Hömma, mein Schicksal is auf ne andra Weise apgelaufm," sachte dea eisane Topp, neehm welche de Schweeflhölzkes laagn. „Kea, von Anfank an, seit ich inne vadammte Welt gekomm bin, binnich mächtich viele Male gescheujat un gekocht woadn! Hömma, ich soage füa dat Solide, weisse un bin dea easte hia im Hause. Meine einzige Froide is, so nach Tisch und spüühln, rein un nett an meinem Platz lieegn zu tun unnen vanüpftiget Gesprääch mit meine Kumpelz zu füahn. Doch wennich dem Wassaeima ma ausnehm tu, dea mich imma widda ma na draußn im Hofe folgn tut, so leehm wa innahalp

21

unsra viiea Wände, ruhich un zufrieedn. Unsa einziga Neuichkeitzboote is dea Maaktkoap, abba dea laabat so dösiget Zoichs übba de Regiearunk un dat vadammte Volk, weisse.; ja, neulich hömma, wa da son olln Topp, dea übba dat olle Gesülze vom Einkaufskoap voa Schreck runnaklatschte un in tausent Stückes zeasprank. Dea is libberal, dat sarrich Euch!"

„Kea, du kwassls zu viel!" fiel dem Feujazeuch ein un dea Staahl schluuch geegn den Feujastein, dat et nua so sprüühte un schluuch voa:
„Samma, solln wa unz nich´n töftn Aahmt machn?"

„Jau, dat könn wa tun. Lasst unz davon kwatschn, wea dea Voanehmzte von unz is," sachtn de Streichhölzkes.

„Nee hömma," wendete sich dea eisane Topp ein, „ich tu nich geane übba mich kwatschn. Lasst unz ne Aahmtuntahaltunk vaanstaltn! Ich tu ma dann Anfangn. Wia weadn unz wat eazäähln, wat ein Jeeda biss getz ealeept hat; da kamman sich so leicht reinfindn tun un et isso eafreulich weisse. Also, anne Ostsee beije däänischn Buuchn."

„Kea, dat issn schnukkliga Anfank," sachtn de Tella. Dat wiad bestimmt n` töftet Döneken, wat unz gefalln tut."

„Jau", sachte dea eisane Topp un kwatschte weita, „da valeepte ich meine ganze Juugend bei nea stilln Mischpocke; de Mööbl wuadn geboohnat, dea Fuußboodn gescheujat un alle viieazehn Taage wuadn de Gadieen am Fenstaken von Gilp befreit un ohne Eumels widda aufgehangn!"

„Kea, watse doch töfte eazäähln tun!" sachte dea Kehabeesn.

22

„man kann gleich höaan, dattn Seega dat Dönken vatelln tut, dea so viel mit Weiba inne Küche am Hut hatte; et geht sowatt Reinet hinduach, dat isso leephaft, weisse!"

„Jau, da hasse waah hömma, dat tut man richtich fühln tun!" sachte dea Wassaeima un machte voa Froide nen Hüppa, so dattet aufm Fuußboodn klatschte. Un dea Topp fuha foat zu eazäähln un dat Ende wa ebebt so gut, alz dea Anfank!?

Hömma, alle Tella im Küchnschrank klappatn voa Froide un dea olle Kehabeesn zooch grüüne Peddasielje aussm Sandloch un bekränzte den Topp, denn er wusste, dat et de andren äagan wüade un dachte beisich:
„Bekränze ich ihn heute, bekränzta mich sicha moagn."

„Nun willich schwoofm!" sachte de Feujazange un fing am Tanzn an.

Gott bewahre unz. Kea, wie konnte se nua de eine Porreepiepe inne Höhe streckn! Dea olle Stuhlübbazuch doat im Winkl vonne Küche platzte, alza et saah un de Feujazange fraachte: „Un, weade ich nun au bekränzt?" un se wuade et. „Ach, dat is doch nua ollet Gesockz!" dachtn de Schweeflhölzkes.

Nun sollte de Teemaschine trällan; abba se sachte, iha sei koddrich zumuute, se könnte nich trällan, wennse nich koche. Hömma, allein dat wa blooße Voanehmtuarei: se wollte nua nich trällan, wennse nich drinnen beije Herrschaft aufm Tischken steht, weisse. Hömma, im Fenstaken da steckte ne oll Gänsefeeda, mit dea de Schickse zu schreim pfleechte. Et wa zwaa nix Besondret an iha, ausssa datse gaa zu tief inne Tinte getaucht wa. Abba darauf wase mächtich stolz, vastehsse!?

„Kea, will de Teemaschine nich trällan," sachte se, „so kannse et au bleibm lassn! Draußn hänkt ne Nachtigall im Kääfich; hömma, die kann trällan. Se hat zwaa nix geleant, abba dat könn wa den Aahmt dahingestellt lassn!"

„Kea, ich fintz hööchst unpassend," sachte dea Teekessl. Denn er wa ma Küchnsänga un Halpbruuda dea Teemaschine „dat son fremdet Vögelken gehöaat weadn soll! Is dat etwa patreotisch? Dea Maaktkoap hat voll wat auffm Kastn, er soll drübba richtn machn!"

„Ja nee, ich tu mich nua drübba äagan," sachte dea Maaktkoap, „kea, ich äaga mich innalich, dat et sich Niemand denkn kann! Is dat denn ne passende Aat, den Aahmt zu vabringn? Wüade et denn nich viel vanüpftiga sein, de Bude aufzeräum? Ein Jeeda müsste auf sein Platz sein un ich wüade dat ganze Spiel leitn machn. Dat wüade wat andret weadn!"

„Jaaa, lasst unz richtich Sperenzkes machn!" sachtn alle.
Da ging de Tüa offm un dat Dienztmäädken kam rein un stand stikkum da. Keina muckte auf! Abba da wa aunich ein einziga Topp, dea nich gewusst hätte, watta zu tun vamaak un wie voanehm er sei.

„Ja kea, wennich gewollt hätte," dachte ein Jeeda, „so hätte et ein richtich töfta un lolliga Aahmt weadn könn!"

Dat Dienztmäädken nahm de Streichhölzkes un zündete dat Feuja an. - Gott bewaah` unz, wie se nua sprüühtn un dann in Flammen gerietn! -

„Nun kann doch Jeeda seehn," dachtn de Hözkes, „dat wa de

24

eastn sin! Welchn Glanz wa haabm! Welchet Licht!" un dann waanse vabrannt.

„Ach kea, wat wa dattn töftet Määchen!, sachte de Könjin, Ich fühl mich so ganz inne Küche zure Schweeflhölzkes vasetzt. Jaa, nun sollze unsre Schickse haabm machn."

„Jau, dat kannze," sachte dea Könich; „Du sollz unsa liebet Töchtaken am Montag haabm tun!"

Denn nun sachtn se „Du" zu dem Seega, da er getz zua Tüakn-Mischpoke gehöatn sollte. De Hochzeit wa bestimmt un am Aahnt voahea wuade de ganze Stadt illuminieat. Zwieback un Breezln wuadn untas Volk gerschmissn: de Stadtblaagn standn auffe Zehe, riefm Hurra un pfiffm auffe Griffl; et wa so prachtvoll, weisse.

„Kea, da mussich wohl au wat zum Bestn geebm," dachte sich dea Kaufmannssohn un kaufte Rakeetn, Knalleapsn un allet an Feujaweak, watte dich so denkn kannz, leechte allet in seinen Koffa un flooch damit inne Luft hinauf. Rutsch, wie dat ging un wie et pufffte! Alle Tüakn hüpptn dabei inne Höhe, so hoch, dat ihnen de Pantöffelkes umme Ooan floogn; sonne Luft-eascheinunk hattn se nonnie gesehn, weisse. Nun konntn se begreifm, dat et dea Tüakngott selpz wa, dea de Prenzesssin haabm sollte. Wie dea Kaufmannssohn mittm Koffa im Walde landete, dachta beisich:
„Ich will ma wacka inne Stadt reingehn, um zu eafaahn, wie töfte et füa alle wa!"

Un et wa ganz natüalich, datta da Bock drauf hatte. Hömma, wat de Leutz so allet eazäähltn. Jeeda, den er danach fraachte, hatte et auf seine eigne Weise geseehn; abba alle hattn et richtich töfte gefundn.

„Kea, ich saah den Tüakngott selpz," sachte Eina. „Er hatte Klüüsn, wie glänzende Steankes unnen Baat, wie schäumendet Wassa!"

„Er flooch innem Feujamantl, sachte nen Andra, „de lieplichn Englsblaagn blicktn aus alln Faltn heavoa!"

Ja hömma, watta da füa töfte Sachn übba sich höaate un am folgendn Tach sollte er Hochzeit machn. Nun laatschte er innen Wald zurück um sich innen Koffa zu setzn, abba wo issa gebliem? Kea, dea Koffa wa einfach vabrannt: Nen Funkn det Feujaweaks wa zurückgebliem un dea Koffa hatte Feuja gefangn. Nun laacha in Schutt un Asche un nun konnta nich meha flieegn, um zu seina Braut zu komm. Hömma, se stand den ganzn Tach auffm Balkongn un waatete sich nen Ast; hömma, se waatet bestimmt heute noch.

Er abba laascht getz duache vadammte Welt un eazäählt seine Mäachen, doch se sin nimmameha so lollich, wie dat, welchet er vonne Schweeflhölzkes eazäählte un nich so töfte, wie dat, watte getz graade geleesn hass, weisse!

*** ENDE ***

Däumelinken

Et wa eima ne olle Trulla, se wünschte sich von ganzm Heazn nen kleinet Blaach, abba se wusste nich, wohea man sowatt kriegn tut, weisse. Da laatschte se zua olln Hexe un sachte: „Hömma du olle Schabraake, ich möcht so gean son kleinet Blaach haabm, ich happ abba kein Seega; kannze mich nich saagn, wo sowatt gippt?"

„Ach kea, damit wean wa schonn feddich!" sachte de Hexe. „Kumma, da hasse n´ Geastnköanchen; hömma, dat is gaanich vonne Aat, wie soiche, welche beiem Landmann auffm Feld wacksn tun, oda welche de Hühnkes zum futtan bekomm, weisse; leech dat kleine Dingn ma in nem Bluumpott, so wiasse wat zum bekuckn bekomm!"

„Kea, da dank ich dich abba!" sachte de Trulla un gaap dea olln Hexe zwölf Mäaka auffe Kralle, denn soviel kostete et bei dea, weisse. Dann laatschte se widda na Hause un flanze dat Geastnköanken ein; un sogleich wucks da nen töftet, großet Blüümken un saah aus, wie ne Tulpe vonne Kääsköppe, abba de Blättas schlossn sich fest zusamm, graadeso, alz opse noch inna Knospe wään, vastehsse!?

„Kea, wat is dattn töftet Blüümken," sachte de olle Trulla un knuutschte se auffe rootn un gelbm Blättkes; abba graade, indem se se geknuutscht hatte, machte sich dat Blüümken mit nem mächtign Knall offm.
Hömma, et wa wiaklich ne Tulpe, wie man nun seehn konnte, abba mittn innem Blüümke saaß auffm grüün Saamengriffl, ne ganz mickrige Schickse, so recht fein un schnukkelich, wieje se kaum siehs, weisse.

Illustration: **Thomas Vilhelm Pedersen** 1820 - 1859 (Bild-PD-alt)

Hömma, se wa nua nen halbet Däumken hoch un deshalp wuadse Däumelinken genannt un nen niedlichet un lackieatet Walnußschäälken bekamse alz Wiege gebracht, nen blauet Veichenblättken wa de Matratze un nen Roosnblättken ihare Zudecke. Da pennte se det Nachts, abba am Taage spielte se auffm Tischken, wo de Alsche nen Tellaken hinstellte un rinkzhearum nen Kranz von Blüümkes beleecht hatte, deeren Stengls im Wassa standn; darin schwamm nen großet Tulpmblättken un auf diesm konnte Däumelinken sitzn machn un vonne eine Seite det Tallas zua andren faahn; zum Ruudan hattese zwei weiße Zossnhäachen. Kea, dat saah richtich schnukkelich aus!

Un weisse wat? De Schickse konnte au töfte trällan, se sang so fein un niedlich, wie man et nonnie gehööat hatte.

Einet Nachtz, alze in ihra töftn Walnußschaaln Poofe laach, kam ne häßliche Krööte duach's Fenstaken reingehüppt, in dem ne Scheibe kaputt wa. De häßliche Krööte wa groß un nass; se hüppte graade auf's Tischken, wo Däumelinken laach un untam Roosnbläätken friedlich ratzte.

„Dat wäa ja ne schöne Olle füa mein Bengl!" sachte de Krööte.

28

Un dann nahmse dat Walnußschäälken, worin dat kleene Däumelinken pennte un hüppte mit iha duach´s Fenstaken, innen Gaatn runna. Da floß ne mächtige Becke; dat Uufa wa mächtich sumpfich un modderich un hia im Morast wohnte de olle Krööte mit ihan Bengl. Kea, wat wa dea Bengl häßlich un brääsich un er glich voll un ganz dea Mudda!

„Koax, Koax, brekkekkex!" sachta, denn dat wa alltet, wat ihm ausse Gosche kam, alza de schnukklige Schickse inne Walnuß-schaale liegn saah.

„Kea, kwatsch nich so laut, denn sonz eawacht se! sachte de olle Krööte. „Se könnte unz sonz noch aphaun, denn se is so leicht wie Schwaanflaum! Wia wollnse auf einet dea breitn Niksnbluumblättkes inne Becke hinaus setzn tun; dat is füase, die so leicht un mickrich is, graadeso wie ne Insl, weisse! Da kannse unz nich davonrenn, wäahrend wa inne Staatzstuube untam Morast, woha dann hausn un wohn sollt, in Stant setzn."

Hömma, draußn inne Becke wuucksn viele Niksnblüümkes mitte breitn grüün Blättas, welche aussehn tun, alz schwämmse oohm auffm Wassa; dat Blättken, wat am weitestn hinaus laach, dat wa au dat allagröößte; da schwamm de olle häßliche Krööte hinaus un setzte dat liepliche Walnußschäälken mit Däumelinken drauf. Dat mickrige Blaach eawachte früh am näästn Moagn un alze saah, wose is un wat Ambach sei, fingse bittalich am pläan, denn se konnte nich anz Land komm tun.

De olle Krööte abba, saaß untn im Morast un schruppte de Hütte mit Schilf un gelbm Fischblattblüümkes aus; hömma, et sollte da ja recht hüpsch füa dat neuje Schwiegatöchtaken weadn. Dann schwammse mit ihan häßlichn un misraatnen Bengl zum zum Blättken hinaus, wo Däumelinken wa.

Se wolltn iha hüpschet Bettchen holn, denn dat sollte ins Brautgemaach gestellt weadn, bevoa Däumelinken et selpz betraat, weisse. De oll Krööte vaneichte sich seha tief im Wassa voa Däumelinken un sachte zu se:

„Ey kumma hia, dat is mein Bengl, dea wiad dein Seega sein tun; un iha weadet prächtich untam Morast wohn machn, da kannze ein drauf lassn!"

„Koax, Koax, brekkekkex!" sachte dea häßliche Bengl, denn et wa allet, watta kwatschn konnte.

Dann nahmen se de schnukklige Fuazmolle un schwammen damit foat; abba Däumelinken saaß ganz allein un bedröpplt auffm Blättken un fink am heuln, denn se mochte nich beije gaastige Krööte wohn tun un ihan häßlichn Bengl zum Seega bekomm. Hömma, de aam en Fischkes, welche untn im Wassa rumschwamm, hattn de Krööte wohl gesehn un au gehöat, watse zu Däumelinken gesacht hatte; deshalp strecktn se ihare klein Köppe aussm Wassa un wolltn de kleene Schickse seehn tun. Abba sobald se se eablicktn, fandn se se so schnukkelich, dat et ihnen recht leid tat, datse zua häßliche Krööte un ihan Bengl hinuntakomm un bei se wohn sollte.

Kea nee, dat düafte nie geschehn! Se vasammltn sich untn im Wassa rinkz ummen grüün Stengl, welcha dat Blättken hielt, worauf Däumelinkes saaß. Se naagtn so lange mit ihan mickrign Zähnken am Stiel, bissa entzlich ap wa un da schwamm dat Blättken de Becke entlank un mit Däumelinken, weit, weit wech, wo de Krööte se nich meha eareichn konnte.

Kea hömma, so seeglte Däumelinken an viele Städte voabei un de klein Vögelkes saaßn inne Büsche, saahn se un trällatn nen Liedken:

„Ach, wat ne schnukklich kleine Schickse!" hieß dat Liedken.

Dat Blättken, worauf Däumelinken de Becke runna seeglte, schwamm mit iha imma weita davon; so reiste Däumelinken aussa Lande. Nen niedlich, weißa Schmettalink umflattate se stetzte sich un ließ sich zuletzt auf dat Blättken nieda; dat Däumelinken gefiel ihm un se wa au seha eafreut darübba; denn nun konnte de Krööte se nich meha eareichn machn un et wa au so töfte, wose lankfuha; dea Lorenz schien aufs Wassa un et glänzte, so schöön, wie dat healichste Gold, weisse.

Däumelinken nahm ihan Güatl, band dat eine Ende ummen Schmettalink un dat andre Ende det Bandes befestichte se am Blättken; dat glitt nun viel schnella mit iha davon.

Illustration: **Thomas Vilhelm Pedersen** 1820 - 1859 (Bild-PD-alt)

Da kam nen grooßa Maikääfa angefloogn, dea eablickte se un schluuch aungblicklich seine Klaun um ihan schlankn Leip un flooch mit iha auffm Bäumken. Dat Blättken schwamm de Becke hinap un dea Schmettalink konnte nich loskomm tun, denn ea wa ja am Blättken festgebundn. O Gott, wie wa dat Däumelinken heftich easchrockn, alz dea Maikääfa mitse auffet Bäumken flooch, abba hauptsächlich wa se weegn den weissn Schmettalink bedröpplt, den se anz Blättken festgebundn hatte; denn im Falle, datta sich nich befrein könnte, müßta ja vaschmachtn. Abba darum kümmate sich dea Maikääfa gaanich, dat ging ihm anne Fott voabei. Er pfleezte sich mit iha au dat gröößte grüünzte Blättken det Bäumkes, gaap iha dat Süüße vonne Blüümkes zu futtan un sachte, datse so schnukkelich sei, opgleich se nen Maikääfa duachaus nich gliche, weisse.

Hömma, späta kamen alle andren Maikääfa, die au innem Bäumken am woohn waan un machtn Wiesiete; se bekucktn sich dat Däumelinken un de olln Maikääfaweiba rümpftn de Füllhööana un sachtn:

„Kumma, se hat ja nich meha alz nua zwei Porreepiepm; dat sieht ja sowatt von eabäamlich aus!"

„Un kumma, se hat au keine Füllhööana!" sachte ne Andre.

„Kea un wat isse schlank inne Tallje, pfui Deibl! Se sieht aus wien Mensch! Un wie häßlich se is!" sachtn da alle andren Maikääfarinnen un doch wa Däumelinken doch so niedlich, nä.

Dat eakannte au dea Maikääfa, dea se geraupt hatte. Abba alz alle andren Maikääfa sachtn, datse häßlich sei, so glaupte er et zuletzt auch un wollte se gaanich meha haabm tun; se konnte gehn un sich vapissn, wohin se au nua wolle. Nun floogn se mit iha dat Bäumke runna un setztn se auf nen Gänseblüümken ap; da fingse am heuln, weil de Maikääfa sachtn, datse häßlich sei un datse se nich haabm wolltn, vastehsse!? Un hömma, doch wase dat Lieplichste, wat man sich denkn konnte, so niedlich un schnukkelich un so rein un zaat, wie son Roosnblättken. Hömma, den ganzn Somma lepte dat aame Däumelinken allein im Walde. Däumelinken flochtete sich ne Fuazmolle aus Grasshalmen un hinget unta sonnem Kleeblättken auf, so wase voa Reegn geschützt; se pflückte dat Süße ausse Blüümkes zum Futtan un süppelte den Tau, dea jeedn Moagn auffe Blättkes stand. So vagingn de Taage det Sommas un det Heabst, abba nun stand dea Winta voare Tüa, dea lange un usselich kalte Winta. Alle Vögelkes, die voahea so schöön voa iha geträllat hattn, floogn einfach wech; de Bäumkes un Blüümkes vadoaatn; dat große Kleeblättken, unta dem se gehaust hatte, rollte sich zusamm un et bliep nix, alzn olla gelba un vawelkta Stengl übba; se froa sich n´ Ast ap, denn ihare Klamottn, de olln Plünn, waan im aasch. Se selpz wa so mickrich un fein, dat dat aame Däumelinken dachte, datse elendich eafriiean müsste, vastehsse!? Hömma, mitma finget am schnein un jeedet Schneeflöckzken, dat auf se fiel, wa so, alz wenn man unz mit na volln Schüppe beweafm wüade; denn wia sin ja mächtich groß un dat Däumelinken nua nen Zoll lank, weisse. Da hüllte se sich innem dürret Blättken ein, abba dat riss inne Mitte entzwei un wollte se nich wääm un se zitttate wie Espmlaup voa Kälte.

Hömma, dicht voam Wäldken, wohin se getz gekomm wa, da laach nen mächtiget Koanfeld; abba dat Koan wa seit langa Zeit foat; nua de nackign trocknen Stoppln standn ausse gefroanen Eade heavoa. Kea, se waan füa dat aame Däumelinken wie nen mächtiga Wald, deense duachwandan musste; och nee, watse voa Kälte wie Espmlaup zittate, dat aame Dingen! Da gelankte Däumelinken voare Tüare vonnem Feldmäusken. Se hatte nen kleinet Löchsken unta de Koanstoppln, da wohnte dat Feldmäusken un hatte et waam un

33

schöön mukkelich, se hatte de Stuube volla Koan, ne healiche Küche un Speisekamma un da wollte Däumelinken den Winta übba bleibm tun. De aame stellte sich im Tüaraahm, graade so, wie son aamet Bettlmäädke un baat ummen kleinet Stücksken vom Geastnköanken, denn se hatte zwei Taage nix gefuttat un hatte mächtich Kohldampf, weisse.

„Du aamet Dingen!" sachte dat Feldmäusken, denn im Grunde wa se ne guute oll Feldmaus; „ey, komma bei mich inne waame Stuube bei un spachtl mit mia mit!" Hömma, un da dem Feldmäusken dat Däumelinken so gut gefiel, sachte se zu iha: „Hömma, wennze willz, kannze den ganzn Winta übba bei mich hausn tun, abba du muss mich de Stuube sauba un rein haltn un mia töfte Dönekes vatelln machn; denn ich tu Dönekes sowatt von liebm, weisse."

Däumelinken machte allet, wat dat Feldmäusken von iha valankte un hatte et dafüa aussaoantlich gut bei iha.
„Weisse wat?" sachte dat Mäusken, „nun wean wa bald Besuch bekomm. Mein olla Nachbaa pfleecht mich alle Woche eima zu besuchn. Hömma, er steht sich noch bessa alz ich, hat mächtich große Sääle un trächt ′n töftn, schwattn Sommapelz! Kea, wennze dem zum Seega bekäämz, so wäasse fein raus un guut vasoacht. Hömma, abba seehn kanna nich. Du muss ihn nua töfte Dönekes vatelln, dieje kenn tuhs, weisse!"

Abba darum kümmate sich dat Däumelinken nich; iha laach gaanix annem Seega, dea, dea Nachbaa vonnem Mäusken wa, denn et wa ja nua nen Maulwuaf. Hömma, diesa kam in seinem schwattn Sammetpelz, wie et dat Feldmäusken gesacht hatte, un stattete ihnen nen Besuch ap. Zu Däumelinken sachte dat Mäusken, datta so reich un gewitzt sei un wat auffm Kastn

hätte; seine Wohnunk sei au übba zwanzich ma gröößa, alz ihare Hütte. Er besääße au Geleahsamkeit, abba den Lorenz, wenna knallte un de schöön Blüümkes, wenn se blüütn mochta nich leidn tun; denn von deenen kwatschta nua schlechtet, denn er hätte se nonnie bekuckn könn. Däumelinken musste nen Liedken trällan un se sang:
„Maikääfa flieech!" un „Geht dea Pfaffe auffet Feld."

Hömma, alz dat dea Maulwuaf hööate, vaknallte er sich in se, abba nua dea töftn Stimme halba; abba er sachte kein Mucks; er wa nen besondra Seega, weisse.
Ey hömma! Voa kuazm hatta sich nen Gank duache Eade von seinem biss zum det Feldmäuskenz Häusken gegraahm; un füa diesn, eahieltn se de Ealaupnis, darinnen spaziean zu gehn: so viel se au nua wolltn. Abba er baat se, sich nich voa dat krepieate Vögelke zu füächtn, dea doat im Gange lääge.
Hömma, da im Gank laach nen ganza Voogl, mit Feedan un Schnaabl, dea küazlich apgekratzt wa un da begraabm laach, graade da, wo Jenna sein Gank gemacht hatte, weisse.
Dea Maulwuaf nahm nen ollet varottetet Stücksken Holz inne Muhle, denn dat schimmate wien Feujaken im Dunkln un ging dann voaran un leuchtete ihnen, in den langn un finstanen Gange, vastehsse!? Alze dahin kamen, wo dea krepieate Voogl laach, stemmte dea Maulwuaf sein breitn Zinkn geegn de Decke un stieß damit de Eade offm, sodatt nen mächtiget Löchsken entstant, duach welchet Licht reinschein konnte. Mittm auffm Fuußboodn laach de toote Schwalbe, de schöönen Flüüglkes waan fest anne Seite angedrückt, de Kwantn un dea Kopp vonnem Vieh waan unta de Feedans gezoogn; dat aame Vögelke wa sicha anne Kälte krepieat.
Kea, dat tat dem aam Däumelinken sowatt von leid, weisse; se hielt so viel von alln Vögelkes, denn se hattn iha den ganzn

Somma so töfte geträllat un gezwitschat; abba dea Maulwuaf stieß ihn mit sein kuazn Porreepiepm un sachte:

„Nun trällata nich meha! Et muß doch eabäamlich sein, alzn Vöglken geboan zu weadn! Gott sei Dank, dat keinz von meine Blaagn so wiad; son Vögelke hat ja au nix aussa sein Kwiwit un muss im Winta Kohldampf schiebm un vahungan!"

„Jaa nee, is klaa!" sachte dat Mäusken, „sowatt mööcht Iha, alz vanüpftiga Keal, wohl saagn tun! Wat hat au son Vögelke füa all sein Kwiwit, wenn dea Winta komm tut? Et musste ebent vahungan un eafriean, dat soll wohl gaa voanehm sein!"

Däumelinken sachte nix darauf, alz abba de beidn andren dem Vögelken den Buckl zuwandtn, neichte et sich hearap un schoop de Feedans anne Seite, welche dat Köppken bedecktn un knuutschte dem aam tootn Vögelken auffe Stiian un auffe geschlossne Klüüsn.

„Vielleicht waaret ja dat Vögelke, wat mich im Somma mit seinen hüpschn Geträlla frööhlich machte," dachte se. „Kea, et hat mich imma so viel Froide gemacht, dat liebe Vögelken!"

Dea Maulwuaf stoppte nun dat Löchsken widda zu, duach welchet dea Tach hereinschien un begleitete de Daamen na Hause. Abba det Nachtz konnte Däumelinken nich einpenn; da stand se ausse Poofe auf un flocht von Heu nen mächtich grooßn, töftn Teppich; den truuch se hin un breitete ihn übba datt krepieate Vögelken aus un leechte de feinen Staupfäädn von Blüümkes, die so weich wie Baumwolle waan un se inne Stuube vonnem Feldmäusken gefundn hatte, anne Seite det Vögelkes, damit et inne kaltn Eade waam liegn mööge.

36

„Leebe wohl un marret guut, Du schöönet kleinet Vöglke!" sachte se. „Leebe wohl un haabe Dank füa Deine healiche Mukke, dieje mich im Somma imma geträllat hass, alz de Bäumkes grüün waan un dea Lorenz so waam auf unz runna knallte!"

Dann leechte se iha Haupt an det tootn Vögelkes Brust, easchraak abba zugeleich, denn et wa graade, alz op drinnen wat kloppte: Poch! Poch! Dat wa det Vögelkes Heazken, denn et wa nich krepieat. Et laach da un wa nua betäupt un duache wäame det Teppichs aus Heu wa et eawäamt woadn un bekam widda Leebm unta de Feedan. Hömma, im Heapzt flieegn alle Schwalbm nachm waam Süüdn foat, abba is da eine, die sich vaspäätet hat, dann frieat se, datse wie Tod auffm Boodn knallt un lieegn bleipt, da wose hinfällt; doat bedeckt se dann dea kalte Schnee, weisse.
Däumelinken zittate oantlich, se wa so easchrockn hömma, denn dat Vögelken wa ja so mächtich grooß, seha grooß, denn se wa ja nua ein Zoll lank. Abba se fasste doch Mut, leechte de Baumwolle noch dichta umme aame Schwalbe, holte Krausemünzblättkes, welche se selpz zu Zudecke gehapt hatte un leechte et übba dat Köppken det Vögelkes. Inne näästn Nacht schlich sich Däumelinken auf leisn Soohln widda zu ihm hin un da wa et widda so richtich lebendich, abba noch ganz schachmatt; et konnte nuan kuazn Aungblick de Klüüsn offm tun un Däumelinken anglotzn, die mittn Stücksken fauln Holz inne Poote, denn ne Latüchte hatte se nich, voa ihm stant.

„Ich dank dich mein schnulliget Blaach!" sachte de koddrige Schwalbe. „Kea, ich bin so heazlich von dia eawäamt woadn! Bald elange ich meine ganzn Kräfte zurück un kann widda draußn im waam Sonnschein rumflattan!"

„Oh!" sachte Däumelinken, „hömma, draußn isset aaschkalt un am friean dranne. Bleip ma lieba inne waame Poofe am liegn; ich weade dich weitahin guut pfleegn tun."

Dann brachte se dea Schwalbe Wassa innem Bluumblättken un se süppelte davon un eazäählte iha. wiese sich dat Flüügelke annem Doanbüschken wund gerissn un deshalp nich meha so schnell haabe fliegn könn. Alz de andren Schwalbm, welche weita foatgefloogn sein, weit foat, nache waaam Lända hömma, da sei se apgeschmieat un auffe Eade geplumpst, abba an meha könnte se sich eainnan un wusste gaanich, wiese hiahea gekomm wa. Hömma, den ganzn Winta übba bliep se nun da untn un Däumelinken pfleechte se gesund un hatte se so liep, weisse; weeda dea Maulwuaf, noch dat Feldmäusken eafuahn wat davon, denn se mochtn de aame Schwalbe au nich leidn. Abba sobald dea Frühlink kam un dea Lorenz de Eade eawäamte, sachte de Schwalbe dem Däumelinken Leebewoohl, die dat Löchsken offm machte, wat dea Maulwuaf ma machte un widda vaschlossn hatte.

Dea Lorenz knallte richtich healich herein un de geneesne Schwalbe fruuch, opse dennich mitkomm wolle; se könne auf ihan Rückn sitzn machn un wolltn innem grüün Wald hinein flieegn tun. Abba Däumelinken wusste, dat et de olln Feldmaus betrüübm wüade, wennse se valieße un sachte zua Schwalbe: „Nee lass ma! Ich kann dat nich tun machn!"

„Leebe wohl, leebe wohl! Du gutet, niedlichet un schnukkliget Määdken!" sachte de Schwalbe, un flooch inne Welt un innen Sonnschein hinaus. Dat Dööäumelinken kuckte iha nach un fink am heul, kleine Kullatränkes kamen iha voa Traurichkeit ausse Klüüsn, denn se mochte de Schwalbe so seha. „Quivit, quivit!"

38

sang dat Vöögelke un flooch davon, hinein innen grüün Wald. Däumelinken wa seha betrüüpt, denn se bekam keine Ealaupniß, na draußn innen waam Sonnschein rauszugehn. Dat Koan, welchet oohm auffm Felde, übba de Hütte det Feldmäusken, vom Baua gesäät wuade, wuukz au schonn hoch inne Luft empoa; dat wa au schonn son ganz dichta Wald füa dat aame Määdken, dat nua nen Zoll lank wa, vstehsse!?

„Kea, getz bisse entzlich de Braut, Däumelinken!" sachte dat Feldmäusken. „Hömma, dea Nachbaa, dea Maulwuaf hat um deine Flosse angehaltn. Kea, welch mächtiget Glück füa son aamet Blaach! Nun musse deine Aussteuja nääahn tun, sowohl aus Wolle un Leinenzoich; denn et daaf dich an nix fehln, wennze det Maulwuaf seine Olsche wias, weisse!?"

Hömma, Däumelinken musst von nun anne Spindl drehn machn un dat Feldmäusken mietete viiea Spinnen, um Tach un Nacht füase zu weebm. Jeedn Aahmt besuuchte se dea Maulwuaf un spraach imma davon, dat, wenn dea Somma zu Ende gehe, er se dann heiraatn wüade. Denn dann wüade dea Lorenz ja nich meha so heiß knalln; weil getz, knallta noch so heiß auffe Eade, dat diese so fest wie nen Steinke sei un man keine Löchskes graabm könnte. Ja, wenn dea Somma voabei is, dann wollta mit Däumelinken Hochzeit haltn.

Hömma, Däumelinken wa abba nich froh darübba, denn se mochte den dusslign un lahmaaschign Maulwuaf nich leidn machn un schonn gaanich heiraatn tun. Jeed Moagn, wenn dea Lorenz aufgink un jeedn Aahmt, wenna widda untagink, schlich se sich zua Türare hinaus un wenn dann noch dea Wind de Koanäähren trennte, so datse den schöön blaun Himml seehn konnte, dann dachte se dranne, wie hell un töfte et doch

39

hia draußn is un wünschte sich seehnlichst, de liebe Schwalbe widdazusehn. Abba se kam nich rum. Kea, se wa bestimmt wech inne waam Lända geflattat oda im Walde am trällan. Alzet nun Heapzt wuade un de Blättkes vonne Bäumkes fieln, hatte Däumelinken ihare ganze Austeuja feddich genäääht.

„Hömma Däumelinken, in vieaa Wochn sollze Hochzeit haltn!" sachte dat Feldmäusken, abba Däumelinken flennte un sachte: „Kea, nee! Ich will den Maulwuaf nich zum Seega haabm!"

„Schnick Schnack un Pappalapap!" sachte dat Feldmäusken; „sei ma nich so widdaspenztich, sonz weadich dich mit meine weißn Hauas beißn machn! Kea, et is doch'n schnieka Keal, deene da bekommz! De Könjin selbz hat nich ma son töftn schwattn Sammetpelz auffe Pelle! Hömma, er hat ne Küche un nen Kella volla Fressalijen! Wat willze meha? Dank Du doch einfach ma Gott dafüa!"

Nun, wa Heapzt un et sollte de Hochzeit sein. Dea Maulwuaf wa schonn gekomm, um Däumelinken holn zu tun; se sollte ja bei ihm wohn machn, tief unta de Eade un nie widda anna waame Sonne hinauskomm, denn er mochte den Lorenz ja nich leidn. Dat aame Blaach wa so bedröpplt; se sollte den schöön waam Lorenz Leebewohl saagn, dense mit Ealaupnis det Feldmäusken, voare Tüa immama sehn konnte.

„Nun leebe wohl, Du hella un waama Lorenz!" sachte se, streckte de Trömmlstöckskes hoch im Himmlke empoa un laatschte noch ne kleine Strecke voam Häusken det Mäusken hearum; denn nun wa dat Koan geeantet un et standn doat nua noch de Stoppln rum. Leebe wohl, leebe wohl!" sachte se un schlank ihare Trommlstöcke ummen kleinet rootet Blüümken, die da allein stant. „Grüß mich de kleine Schwalbe von mich, wennze se ma sehn tuhs!"

„Quivit, quivit!" eatöönte et mitma übba iha Köppken; se kuckte empoa; Et wa de kleine Schwalbe, diese voam Tode gerettet hatte un gerade voabei flattate. So wiese Däumelinken eablickte, wa se seha eafreut; un Däumelinken vatellte iha, wie ungean se den olln Maulwuaf zum Seega haabm wolle un datse mit ihm dann tief unta de Eade leebm solle, wo nie dea Lorenz schein tut un konnte sich nich enthaltn, dabei heuln zu tun. Däumelinken plärrte dicke Tränkes un de Schwalbe sachte: „Hömma Määdken, getz kommt dea aaschkalte Wimta, ich fliiech weit wech, nache waam Lända; wollze nich mitkomm tun? Dann kannze bei mich auffm Rückn sitzn; binde dich nua gut mit dein Güatl fest; dann fliegn wa wacka von den häßlichn Maulwuaf un seine olle dunkle Buude wech, weit wech, übba de Haldn un Beage, übba de Zechn un Tüame, hin nache waam Läanda hin, wo dea Lorenz imma am knalln is un et imma Somma is un et de heealichstn Blüümkes gippt! Du mein liebet kleinet Däumelinken, die mein Leehm gerettet hat, alz ich fast eafroan untn beim Maulwuaf im Eadkella geleegn happ!"

„Jau, dat is ne töfte Idee!" sachte Däumelinken, „ich will mit dich inne weite Feane ziehn, da wo imma dea Lorenz am knall un imma Somma is!"

Hömma, da hüppte Däumelinken sich auffm Buckl vonne Schwalbe, band sich mit ihan Güatl an eine vonne stäakztn Feeda fest un stellte ihre Kwantn auffe entfalteten Schwingn: da flooch de Schwalbe hoch inne Luft hinauf, übba Wald un See, übba Zechn, Tüame un Schloote, übba Haldn un Beage, wo imma Schnee laach. Kea, Däumelinken frooa sich inne

41

kaltn Luft beinahe de Fott ap, abba se vakroch sich alzbalt unta det Vögelkes waame Feedan un steckte nua iha kleinet Köppken heavoa, um alle Schöönheitn unta sich zu bewundan. Dann kamen se inne waam Lända. Doat schien dea Lorenz weit hella alz wie im Ruhapott; dea Himml wa zweima so hoch un auffe Heckn un Grääbn wuuksn de schöönstn grüün un blaun Weintraubm; inne Wälda hingn de Zitroon un Applsiien; et duftete nach Myate un Minze un auffe Landstraaßn liefn de niedlichstn Blaagn umhea un spieltn mitte grooßn buntn Schmettalinge. Abba de Schwalbe flooch noch weita foat un et wuade schööna un schööna hömma. Unta de healichstn grüün Bäumkes un annen blaun See. da stant nen blendent weißet Mamoaschlössken, dat wa noch aus altn Zeitn, weisse! Weinreebm ranktn sich umme hohn Säuln empoa; ganz oohm waan viele Schwalbm, die um ihare Nesta flattatn un in ein von deenen, woohnte de Schwalbe, welche Däumelinken duache Lüfte truuch, weisse!?

„Kumma, hia is mein Häusken!" sachte de Schwalbe. „Abba et schickt sich nich, datte in meina Hütte mit mich woohn tuhs; ich binnich so eingerichtet, datte zufrieedn sein kannz, et sieht eha aus, wie bei Hämplz untam Sofa, weisse. Hömma, such dich nun selpz ne Buude inne prächtign Blüümkes, die da untn am waksn tun; dann willich dich darinnen hineinsetzn un du sollzet guut haabm, wie et dich nua wünschst!"

„Dat is healich!" sachte se un klatschte in ne Patschehändkes. Hömma, da laach ne umgekippte Mamoasäule, welche zu Boodn gefalln un in drei Stückskes zeasprungn wa; abba zwischn diese wuuksn de schöönstn, grooßn weiße Blüümkes. De Schwalbe flooch mit Däumelinken hinunta un setzte se auf einen diesa breitn Blättkes ap. Abba wat eastaunte

Däumelinken! Hömma, da saaß nen kleina mickriga Keal mittn innem Blüümken, so weiß un duachsichtich, alz wäare er von Glaas; dat nielichste Goldkröönken truucha auffm Deetz un de healichstn Flüügelkes hatte er anne Schultan; kea, er wa selpz nich gröößa alz Däumelinken. Er wa det Blüümkes Engelken. Hömma, in jeeda sonnem Blüümken woohnte son kleina Seega oda ne Olsche; abba genau diesa hia, wa dea Könich übba alle! „Oh Gott, wie schöna is un watta töfte aussehn tut!" flüsstate Däumelinken dea Schwalbe zu. Dea kleine Prinz easchraak seha übba de Schwalbe, denn se wa geegn ihn, dea so mickrich klein un fein wa, nen mächtich grooßet Vögelken. Abba alza Däumelinken eablickte, wuade er hoch eafreut un sein Heazken galoppieate, denn se wa dat schnukklichste Määdken, watta bishea geseehn hatte. Deashalp nahma sein Goldkröönken vom Koppun setzte et iha auffm Haupte, fruuch se wiese denn heißn tut in von wose wech sei un opse nich Bock hätte, seine Alsche zu weadn; dann solltese Könjin übba alle Blüümkes sein! Ja hömma! Dat wa waahlich nen andra Seega alz dea Bengl vonne Krööte un dea Maulwuaf mittn schwattn Sammetpelz, da kannze abba ein drauf lassn! Deshalp sachte Däumelinken au „Jau, ich will!" zu den healich un schnukklign Prinzn.

Illustration: **Thomas Vilhelm Pedersen** 1820 - 1859 (Bild-PD-alt)

Hömma, von jeedm Blüümken kamen de Weiba un Keale, alle so niedlich, dat et ne Foide wa; jeeda brachte Däumelinken nen töftet Geschänk, abba dat beste von allem waan ein Paa schöne Flüügelkes von eina weißn Fliege; se wuadn Däumelinken an iham Rückn befesticht un se konnte damit au von Blüümken zu Blüümken flattan. Kea, wa dat ne Froide, alle feijaatn un de kleine Schwalbe saaß oohm in iham Neste un sollte dat Hochzeitzliedken trällan un dat tat se denn auch, so gut se konnte hömma; abba in iham Heazken wa se doch bedröpplt, denn se wa Däumelinken so gut, gaa so gut un hätte sich nie von iha trenn möögn.

„Du sollz nich weita Däumelinken heißn!" sachte dat Bluum-engelken zu iha. „Dat issn häßlicha Naame, denn du biss so schnukkelich schöön, weisse. Wia wolln dich ap getz Maja nenn tun!"

„Leebe wohl, leebe wohl!" sachte de kleine Schwalbe mit seha schwean Heazn nache Zeit un flooch widda foat ausse waam Lända, weit wech; übba de Wälda un Seen, Beage un Haldn, Zechn un Schloote inz Ruhagebiet zurück. Doat im Ruhapott hattese nen kleinet Nestken übba nem Fenstaken einet Zechnhäusken in Wanne-Eickl; wo dea Seega woohn tut, dea hia de Mäachen schreipt, weisse un voa ihm sang un trällate se „Quiuvit, quivit!"

Daher wissn wa getz dat ganze Döneken un dieset Mäachen !

*** ENDE ***

44

Ole Luk-Oje

Hömma, et gippt Niemandn inne ganze vaflixtn Welt, dea so mächtich viel Dönekes weiss, alz Ole Luk-Oje. Hömma, dea kannse töfte vatelln un bei unz heißta; „Dat Sandmänneken" weisse. So geegn Aahmt hin, wenn de Blaagn noch so nett am Tischken auf ihra Fott am sitzn sin un ihare Büttaken un Kniftn futtan, kommt Ole Luk-Oje. Er kommt ganz sachte de Treppe raufgeschlichn, denn er laatscht imma in Sockn; er macht ganz leise de Tüan offm un husch! Issa da, sitzt am Tischken un spritzt de Blaagn süße Milch inne Klüüsn un dat so fein hömma, so fein genuch, so datse de Glubschen nich aufhaltn machn könn un ihn deshalp nich seehn tun, weisse.

Illustration: **Thomas Vilhelm Pedersen** 1820 - 1859 (Bild-PD-alt)

Er schleicht sich graade hinta se, blääst ihnen sachte innen Nackn un davon weadn se so schwea im Kopp, datse ihan Deetz apsenkn. Oh ja hömma! Dat watta da machn tut, dat tut de Stöppkes nich weh, denn Ole Luk-Oje meint et graade nua gut mitte Blaagn; er will nua, datse stikkum sin un nix saagn tun, wenna ihnen Dönekes eazäählt; un dat sinse am eehstn, wenna se inne Fuazmolle bringn macht un ihnen de Dönekes umme Oaan haut, weisse. Hömma, wenn de Stöppkes dann am pennen sin un sich ein wechratzn, dann setzt sich Ole Luk-Oje auffe Fuazmolle un fänkt am eazäähln an. Er is au richtich gut

angesträppt; sein Rock is von Seidnzoich, abba et is einfach
unmööchlich, zu saagn, watta füa Faabm träächt, denn er glänzt
in grüün, root un blau, je wieja sich wendn tut, vastehsse!?
Hömma, unta jeedn Aam von sich hatta nen Reegnschiiam; den
einen, mit viele bunte Bildkes drauf, den spannta übbe de lieem
Blaagn aus un dann träumsse de ganze liebe lange Nacht de
töftestn Dönekes; abba mittn andan Schiiam, wo duachaus nix
drauf is, den spannta übba de böösn Blaagn aus; hömma, dann
penn se so döösich un haabm am Moagn, wennse eawachn tun,
nich dat Allagerinkzte geträumt, weisse. Nun weadn wa hööan,
wie Ole Luk-Oje an jeedn Tach inna ganzn Woche zu nem
kleinen Stöppke kam, welcha mit Naahm Häbbeat hieß un
watta ihm füa Dönekes vatellte.

Illustration: **Thomas Vilhelm Pedersen** 1820 - 1859 (Bild-PD-alt)

Kea, weisse Wat? Et sin inzgesamt sieem Dönekes, denn et sin
ja au sieem Taage inne Woche, woll! Also damma los, nä.

46

Montach

„Hömma!" sachte Ole Luk-Oje am Aahmt, alza den kleen Häbbeat inne Poofe brachte, „nun weade ich dich aufputzn!"
Un da wuadn alle Blüümkes inne Blumpötte zu mächtige Bäumkes, welche ihare langn Zweigskes unta de Zimmadecke un anne Wände ausstrecktn, sodat dat ganze Kabüffke wien prächtiget Lusthäusken aussah; denn alle Zweige waan volla Blüümkes un jeedet Blüümken wa noch schööna, alz ne Roose, weisse. Se duftetn so lieplich un wollte man se vaputzn, so wa se noch süßa, alz Eingemachtet von Omma! De Früchte glänztn wie Gold un et waan da au Küchskes, de voa lauta Rosien fast platzn taatn. Kea, et wa einfach unvagesslich töfte, weisse! Abba zua gleichn Zeit eatöönte nen schrecklichet Lamentiean aussm Tischkastn, wo Häbbeat's Schulbüüchskes drinne laagn.

Illustration: **Thomas Vilhelm Pedersen** 1820 - 1859 (Bild-PD-alt)

„Kea, wat issn dat?" fraachte Ole Luk-Oje un ging zum Tischken hin, zooch den Kastn offm un glotzte rein, wat da drinne Ambach is. Hömma, et wa de Schiefataafl, in dea et riss un wühlte, denn et wa zu ne falschn Zahl in dat Rechnexempl gekomm, so datse nahe dranne wa, aussenanda falln zu tun; dea Griffl hüppte un sprank an sein Bändken hin un hea, graadeso, alz oppa nen kleina Kööta wäa, dea dem Rechnexempl helfm machn wollte; abba er konnte et nich, vastehsse!? Un dann lamentieate et au noch in Häbbeat's Schreipbüüchsken; oje, wat wa dat hässlich mit anzehööan! Auf jeedm Blättken standn dea Länge nach runna de grooßn Buuchstaahm, unnen jeeda mit nem klein zua Seite: hömma, dat wa ne Voaschrift, weisse; un ebent neehm diesn standn widda einige Buuchstaahm, welche so falsch aussehn taatn, un diese hatte Häbbeat selpz hingekritzelt; se laagn abba fast graadeso schief, alz opse übba de Bleifeedastrich gefalln wäan auf deenen se stehn solltn.

„Kumma, so solltet iha euch drann haltn," sachte de Voaschrift. „Kumma, so schrääch geneicht, abba mit kräfign Schwunk!"
„Ja nee, is klaa," sachtn Häbbeats Buuchstaahm: „abba wia könn et nich: wia sin einfach so jämmalich hingekritzlt!"

„Kea," sachte Ole Luk-Oje, „dann müssta se einfach einnehm!"

„Och nee!" riefm se un standn ganz schlank, dat et ne Lust wa!

„Ach kea, getz könn wa kein Döneken eazäähln!" sachte Ole Luk-Oje, „nun mussich se exaziean! Einz, zwei! Einz, zwei!"

Un so exazieate er de ganzn Buuchstaahm: un se standn ganz schlank un so schöön, wie ne Voaschrift nua stehn kann. Abba Ole Luk-Oje machte de Biege un ging un alz Häbbeat se am Moagn bekuckte, da waan se widda so jämmalich am stehn, wie früha, weisse.

Dienztach

Sobald Häbbeat inne Poofe wa, berüahte Ole Luk-Oje mitte kleinen Zaubaspitze det Schiiams alle Mööbl in Häbbeat´s Kabüffken un sogleich fieln se alle am Laaban un Kwassln an un allesamt spraachn se von sich selpz, mit Ausnahme det olln Spucknapfes, welcha stikkum dastandn tat un sich drübba äagate, dat alle so eitl sein könn, nua von sich selpz un nich übba andre zu kwatschn. Dat alle imma nua an sich selpz denkn un duachaus keine Rücksicht auf den zu nehm, dea doch so bescheidn inne Ecke stehn tut un sich imma widda bespuckn ließe, denn ein jeeda rotze ihn an, vastehsse!?

Hömma, übba de Kommode hink nen mächtiget Gemäälde in son töftn vagoldetn Raahm, drauf wa ne töfte Landschaft mit nem Wald am seehn, man saah au, mächtich olle Bäumkes, Blüümkes im Graase unnen breitn Fluß, den man Ruha nannte un dea duach ne Stadt floss, an vieln Zechn voabei un weit hin biss innem Rhein un dann inz Meea. Ole Luk-Oje berüahte mitte Zaubaspitze dat Gemäälde un dann begann de Vögelkes am trällan, de Zwege vonne Bäumkes beweechtn sich un de Wolkn zoogn oantlich weita: man konnte Schattan übba de Landschaft hingleitn seehn machn un hööate ausse Feane den Anschlääga auffm Pütt, wieja de Sichnaale am Schacht schluuch.

Nun hoop Ole Luk-Oje den klein Häbbeat zum Raahm empoa un stellte seine Kwantn inz Gemäälde, graade dahin, wo dat hohe Grass am waksn wa, da stanta nun; dea Lorenz beschien ihn duache Bäumkes. Da wetzte Häbbeat wacka los, er lief direkt zum Wassa hin un setzte sich sogleich in den olln Applkahn, welcha doat am Uufa laach; et wa root un weiss angepinselt un de Seegl glänztn Silba un säckz weisse Schääne, alle mit goldnen Krönkes am Deetz, zoogn den Kahn duache Stadt mitte vieln Zechn duach. Häbbeat rief den Kumpelz, die auf Schicht gingn ein „Glück auf" zu un er fuha weita mittn Kahn annem Wäldken voabei, wo de Bäumkes von Räuban un Hexn un de Blüümkes von schnukklign Elfn umgeebm un wat da sonz noch am seehn wa.

Illustration: **Thomas Vilhelm Pedersen** 1820 - 1859 (Bild-PD-alt)

De healichstn Fischkes, mit Schuppm wie aus Silba un Gold, schwammen dem olln Kahn hintahea; mitunta machtn se nen Hüppa, sodat dat Wassa nua so plätschaate un de Vögelkes, root un blau, klein un groß, floogn in zwei Reihn hinta ihm hea; de Mückn tanztn auffm Wassa un de Maikääfa sachtn: „Buum! Buum!" Se alle wolltn Häbbeat folgn machn un alle hattn ihm nen Döneken zu eazäähln.
Kea hömma, wat wa dat ne Lustfaaht! Bald waan de Wälkes so dicht un so finsta, bald abba waan se wie de healichte Gaatn mit Sonnschein un vieln Blüümkes; da laagn de mächtign Schlössa von Glaas un Mamoa. Auffe Altanen standn de Prenzessinen un et waan allet kleine Schicksn, mit die Häbbeat früha imma Gummitwist un vasteckn gespielt hatte un se gut kannte, weisse.

Jeede streckt ihre Flosse aus un hieltn dat schnukklige Zucka-heazken hin; un Häbbeat packte de Seite det Zuckaheazkes an, indeema voabeifuha un de Prenzessin hielt et recht fest inne Poote un so bekam jeeda nen kleinet Stücksken ap; sie dat mickrichste un Häbbeat dat mächtichste, weisse.

An jeedm Schlösske standn au kleine Prinzn Schildwache; se schultatn de Goldsäääbl un ließn Rosieen un Zinnsoldaatn reechnen; hömma, dat saahsse ihnen au an, dat dat ächte Prinzn waan! Hömma, bald seeglte Häbbeat übbaall auffe ganze Ruha entlank un kam duach weitre Wälda, duach viele Städte mit rauchnde Schloote, Fabrikn un Zechn voabei. Er kam au duache Stadt, in welcha sein Kindamädken am wohn wa, welchet ihn alz klein Stöppke imma auffm Aam getraagn un auf ihn aufgepasst hatte un imma so gut zu ihm wa, weisse: se nickte un winkte ihn zu, trällate nen kleinet, niedlichet Liedken übba ihare Lippm, mittm Veas, dense selpz gedichtet un Häbbeat gewitmet hatte; un dea gink so:

„Ich denk an deina so manchet ma.
Mein treuja Häbbeat, du Lieba!"
Ich gaap dich Küsskes ohne Zahl,
auf Stiane, Schnüss un Klüüsnlieda.
Ich hööate dich lalln dat easte Woat,
doch musst ich dich Apschied saagn.
Et seechne dea Herr dich am jeedn Oat,
du Engelken, den ich getraagn!"

Hömma, alle Vögelkes trällatn un zwitschatn dat Liedken mit un de ganzn Blüümkes schwooftn auf ihre Stielkes hin un hea, un de olln Bäumkes nicktn dazu iha Laupweak, graade so, alz op Ole Luk-Oje ihnen dat Döneken vatelln wüade, vastehsse!?

Mittwoch

Kea, wa et draußn am pläästan! Häbbeat konnte et im Schlafe hööan machn; un da Ole Luk-Oje nen Fenstaken offm machte, so stand dat Wassa schonn bis am Fenstabrettken; hömma, et wa draußn schonn nen ganza See am seehn un nen prächtiget Schiffken hatte am Häusken vonne Eltan Halt gemacht.

„Hömma kleina Häbbeat, willze nich mitseegln tun?" fraachte ihn Ole Luk-Oje, „kea, so kannze de Welt kennlean. Wia seegln de ganze Nacht nach fremde Ländas hin un moagn inne Frühe bisse widda zu Hause inne Poofe zurück!"

Kea, kaum hatte Ole Luk-Oje den Satz ausgesprochn, stand Häbbeat schonn inne Sontachsplünn un hatte dat prächtige Schiffken betreetn un sogleich wuade dat Wetta töfte un dea Lorenz fink am schein. Se seeglten duache Straaßn, kreutztn de Kiiache un den Pütt, wo de Beachleute am Maloochn sin un allet wa wie ne mächtich grooße un wilde See. Hömma, se seeglten so lange, biss kein Land meha am seehn wa un se saahn untaweechs nen Fuuch von Stöache, se kamen au ausse Heimat un wolltn nache waam Lända; hömma, ein Stoach flooch imma hinta de andren hea un se waan schonn so weit, so weit geflooogn! Kea, da wa abba au eina, dea konnte nich so folgn machn un wa dea allaletzte, weisse; er flooch hinta de andren hintahea un wa au schonn nen gazet Stücksken wech, weil ihn wohl seine Flüügl nich meha traagn konntn. Er sank mit den ausgebreitetn Flüügln imma tiefa un tiefa; er macht nochn paa schlääge mitte Schwingn, abba et half ihm nix. Nun berühate er mit seinen Poreepiepm dat Tauweak det Schiffkes un glitt de Seegl runna un bumz! laacha lank auffm Voadeck.
Nun nahm ihn dea Schiffsjunge un setzte ihn im Hüühnastall,

zure Hüühna, Entn un Truuthäähne; dea aame Stoach stant ganz befangn un änkztlich mittn unta ihnen:
„Kumma sich eina den Keral an!" sachtn alle Hüühna.
Dea kalekutische Haahn blies sich so dick auf, wieja konnte hömma un fraachte, wea er wäare; de Entn gingn rückwäatz un pufftn einanda: „Rappl Dich! Rappl Dich!"

Illustration: **Thomas Vilhelm Pedersen** 1820 - 1859 (Bild-PD-alt)

Hömma, dea Stoach eazählte ihnen von waamen Afrika, vonne Püramiedn un vom Stauße, dea so wacka wien Zosse renn könnte un duache ganze Wüste wetze; abba de Entn vastandn nich ein Woat, watta sachte un dann pufftn se widda einanda: „Wia sin doch wohl alle dea selbm Meinunk, datta zimmlich dösich is!" sachte dea Truuthaahn un kollate. Da wa dea Stoach ganz stikkum un schwiiech un dachte an sein Afrika.

„Dat sin ja healiche Kackstelzn, dieje da hass," sachte dea Kalekute. „Kea, krisse die beim Aldi oda Lidl, oda wat? un wat kost sonne Elle davon?"

„Skrat, skrat, skrat!" grinstn de Entn; abba dea Stoach tat, alz oppa dat nich hööate, weisse.

53

„Kea, iha könnt ruhich mitlachn un euch beömmln, wennich ne Schoote inne Runde schmeiß," sachte dea Kalekute zu ihm, „hömma, dat wa doch seha witzich gesacht! Oda wa et Euch zu hoch? Ach nee, er is ebent nich vielseitich! Wia wolln damma intressant unta unz bleibm tun!"

Dann gluckta un de Entnkes schnattatn: „Gig, gak! Gik, gak!"

Hömma, et wa seha easchreklich, wiese sich selpz belustichtn un übban Stoach heazoogn, Häbbeat abba ging zum Hüühna-häusken, machte de Tüa offm un rief den Stoach, dea hüppe wacka hearaus auf dat Voadeck. Nun hatta ja ausgeruht un et wa gleichsam, alz op Häbbeat ihm zunickte um ihn zu dankn. Darauf entfaltete er seine Schwingn un flattata davon; er flooch inne waam Lända, abba de Hüühna un Entn glotztn nua blööde un dea kalekutische Haahn bekam nen feujarootn Kopp un sachte nix meha.
„Wissta wat?" sachte Häbbeat, „von Euch weadn wa moagn nen lekkret Süppken kochn machen!" un dann eawachte er widda in seina Fuazmolle. Kea, dat wa doch ne sondabaare Reise, de Ole Luk-Oje in diesa Nacht mit Häbbeat hatte machn lassn.

Donnastach

„Weisse wat?" sachte Ole Luk-Oje, „happ kein Muffmsausn! Hia wiasse nen kleinet Mäusken seehn!" un dann hielta Häbbeat seine Flosse hin, mit nem leichtn un schnukkelign Tiea in selbiga. „Kumma, se is gekomm, um dich zua Hochzeit einzelaadn. Hia sin heute Nacht zwei Mäuskes un wolln sich vamäähln un wohn unta deina Muddas Speisekamma; dat soll ne töfte Hütte sein, weisse!"

54

„Kea hömma Ole Luk-Oje, abba wie sollich denn duachet Mauselöchsken komm tun, wat inne Speisekamma am sein is?" fraachte Häbbeat.

„Ach weisse Wat! sachte Ole Luk-Oje, „dich wean wa schonn klein kriegn machn, lass mich nua tun!" Nun berühate Ole Luk-Oje ihn mitte Zaubaspitze det Schiiams un Häbbeat wuade kleina un kleina, er schrumpfte sogleich auffe Größe einet halbm klein Fingas. „So, siehsse! Nun kannze de Klamottn det Zinnsoldaatn anströppm; ich denk ma, se könntn dich passn tun un et sieht so gut aus, wenn man ne Unnifoam aufm Balch hat un in Gesellschaft is!"

„Jau da hasse waah hömma!" sachte Häbbeat un sah im gleichn Aungblick wie dea niedlichste Zinnsoldaat gekleidet aus.

Illustration: **Thomas Vilhelm Pedersen** 1820 - 1859 (Bild-PD-alt)

„Hömma, wollnse nich so lieb sein un sich innet Fingahüütken ihra Mudda setzn zu tun?" sachte dat Mäusken, „dann weadich de Ehre haabm, un se zu ziehn! Denn dea Weech zua Hochzeit is nich ohne, weisse!"

„Oh mein Gott! Wolln sich dat Frollein selpz benüühn," sachte Häbbeat un et ging los, zua Hochzeit untam Fuußbooden vonne Speisekamma. Hömma, zueast kamen se untam Fuußboodn innem langn Gank, dea wa so finsta un aunich hoch, weisse. Dea Fingahut passte soeehm da duach un untaweechs roch et im Gank zimmlich fies nach faulm Holz, mit deema illuminieat wa.

„Kea, tut dat hia nich töfte riechn machn?" fraachte dat Mäusken die ihm zooch, „dea ganze Gank is mit Speckschwaatn geschmieat woadn! Ach kea, et kann nix Schönret geebm, weisse!"

Getz kamen se innen Brautsaal rein. Hia standn zua Rechtn alle kleinen Mäuskesdaamen un schnäbbeltn, alz opse einanda zum Bestn hättn. Un zua Linkn standn alle Mäuskesherrn un strichn sich mitte Poote übban Schnautzbaat; mittn im Saale abba sah man dat Brautpaa; se standn inna ausgehööltn Kääserinde un knuutschtn sich gaa easchrecklich viel voa alla Leutz, denn se waan Valoopte un solltn gleich Hochzeit haltn.

Hömma, et kamen imma meha Fremde; dat eine Mäusken wa nahe dranne, de andre tot zu treetn un dat Brautpaa hatte sich inne Tüa gestellt, sodat keina meha rein oda raus konnte. Dea Saal wa ebentso wie dea Gank mit Speckschwaatn eingeschmieat woadn; denn dat wa de ganze Bewiatunk; abba zum Desseat wuade ne Eapze voagezeicht, in die nen Mäusken ausse Mischpooke den Naahm det Brautpaa´s eingebissn hatte, dat heißt: nua den eastn Buuchstaahm. Hömma, dat wa wat ganz Besondret, weisse. Alle Mäusken sachtn, dat dat ne töfte Hochzeit sei un dat de Untahaltunk seha angenehm geweesn wää. Dann fuha Häbbeat widda na Hause; er wa schachmatt un waahlich in voanehma Gesellschaft geweesn, abba er hatte sich au oantlich kleinmachn, sich zusammkriechn un de töfte Zinnsoldaatn Unnifoam anströppm müssn, weisse.

Freitach

„Kea, et is einfach unglauplich, wie viele ältre Leutz et doch gippt, die mich gaa zu gean haabm möchtn!" sachte Ole Luk-Oje. Et sin besondas Die, welche etwat Böset in iha Leehm vaküüpt haabm, weisse. ""Guuta kleina Ole,"" saagn se zu mich; ""wia könn unsre Glupschen nich schließn machn un so liegn wa de ganze Nacht wach inne Poofe un seehn all unsre böösn Taatn un wie kleine häßßliche Kobolde auffe Bettkante sitzn tun un unz mit heißm Wassa bespritzn; willze nich ma komm un se foatjaagn machn, damit wa widda richtich gut Pennen könn!"" un dann seuftzn se so tief; ""wia wolln dich dat au geane gut lackn machn; gute Nacht Ole! De Moneetn liegn aufffm Fenstabrettken!"" Abba ich tu dat nich füa Kohle hömma," sachte Ole Luk-Oje. „Samma Häbbeat, wat solln wa unz heut Nacht voanehm tun," fraachte Ole Luk-Oje. „Ich weiß ja nich, oppe Bock hass un heute widda auf Hochzeit willz; et is ne andre Aat von Hochzeit alz de gestrige, weisse. Dein Schwestakens großet Püppken, welche wien Seega ausehn tut un Walla genannt wiad, will sich mittem Püppken Beatha vaheiraatn, weisse. Et is oohmdrein det Püppkes Gebuatztach un deshalp wean se au viele Geschänke bekomm!"

„Jaa nee, dat kennich schonn!" sachte Häbbeat. „Imma wenn dat Püppken neuje Klamottn brauchn tut, dann lässt mein Lästaschwein, ääh Schwestalein, se iha Gebuatztach feijan oda Hochzeit haltn; dat is sicha schonn hunnat ma gescheehn, da braurich nich bei sein tun!"

„Ja abba diese Nacht isset de hunnat un einzte Hochzeit un wenn hunnat un einz aus is, is füa imma Schicht im Schacht! Deshalp wiad se au so töfte, sowat hasse nonnich geseehn!"

Un Häbbeat glotzte zum Tischken. Da stant dat kleine Puppmhäusken mit na Funzl drinne un Licht inne Fenstas un draußn davoa präsentieatn alle Zinnsoldaatn de Flinte. Dat Bruatpaa saaß ganz gedanknvoll, wozu et au Grunt hatte, auffm Fuußboodn un leehnte sich geegn dat Tischbeinken. Un Ole Luk-Oje, in Ommas schwattn Faltnrock gekleidet, traute se.

Illustration: **Thomas Vilhelm Pedersen** 1820 - 1859 (Bild-PD-alt)

Alz de Trauunk voabei wa, stimmtn alle Mööbl inne Stuube folgent schöön Gesank an, welcha vonne Bleifeeda geschrieem wa; er gink nache Mellodie det Zappmstreichs:

Dat Liedken eatööne wie dea Wind; dem Brautpaa Hoch! Dat sich vabind; Se prangen Beide steif un blind, weilse aus Hanschnleeda sind. - „Hurra! Hurra! op taup, op blind, wia trällan et bei Wetta un Wind!"

Un nun bekamse de Geschänke; abba se hattn sich alle Fressalien vabeetn, denn se hattn ihra Liebe genuch, weisse.

„Kea, solln wa nun ne Sommahütte beziehn oda auf Trallafitti auf Reisn gehn?" fraachte dea Bräutigam.

Hömma, da wuad de Schwalbe, die imma so viel gereist wa un de oll Hoofhenne, welche fünf ma Blaagn ausgebrüütet hatte zu Raate gezoogn. Un de Schwalbe eazäählte vonne healich waame Lända, wo de Weintraum so groß un schwea hingn, wo de Luft so mild sei un de Beage töfte faabm hättn un nich nua grüün wie hia de Haldn sin, dat wäa nich datselbe. Se eazäählte vonne Püüramiiedn in Afrika, vom Po-Delta in Italjen, vonne Tüakei un Griiechnland un von viele andre Lända, wo et waam is un dea Lorenz imma schein tut.

„Kea hömma, se haabm abba nich unsan Braunkohl," waaf de olle Henne ein, „Weisse wat? Ich wa nen Somma lank mit all meine Küückskes auffm Lande; un da wa ne Sandgruube hömma, in dea wa unheagehn un kratzn konntn; un dann hattn wa Zutritt zu nem Gaatn mit Braunkohl! Ach kea, ich sarret dich, wat wa dea healich! Kea, ich kann mich nix Schönret denkn, weisse."

„Nee, nee, nee," sachte de Schwalbe, „abba son Kohlstrunk sieht doch aus wie ein Ei dem andren; un dann is hia au imma so oft ussliget Wetta!"

„Ach weisse," sachte de Henne, „dat simma schon gewööhnt!"

„Kea, abba hia isset au im Winta aaschkalt un et frieat" sacht de Schwalbe.

„Ja nee, is klaa! Abba dat is guut füan Kohl, weisse" antwoatete de Henne, „un üübrigenz könn wa et au waam haabm! Hattn wa voa viiea Jaahn nich son Jahundatsomma, dea fünf Wochn gink un dea Lorenz jeedn Tach knallte; man konnte kaum aatmen un man öölte wie ne Sau! Un dann hamma

aunich alle so giftige Viecha, diese inne fremdn Lända haabm tun! Un wia sin von Räuban un Gesindl frei! Hömma, dea issn Böesewicht dea nich findn tut, dat et bei unz im Ruhapott töfte is! Er vadiet waahlich nich, hia auf Kohle geboan zu sein!"
Un dann fink de Hoofhenne am pläären an un fuha foat:
„Hömma, ich bin auma gereist, weisse! Ich bin ma innem Karren übba zwanzich Kilomeetas gefaahn! Et is duachaus kein Vagnüügn zu Reisn, vastehsse?!"

„Ja nee, unsre olle Hoofhenne is ne vanümpftige Olle," sachte dat Püppken Beatha zu ihan Seega.

„Ich tu au nix davon haltn, Beage bereisn zu machn, lasse ruhich so bunt sein, wiese wolln, denn et geht imma nua beachauf un widda beachap! Nee, dat wolln wa nich. Lass unz lieba hinaus voas Toa inne Sandgruube ziehn un im Kohlgaatn auf Trallafitti spaziean gehn. Dat macht unz bestimmz viel Spässkes un wia sin nich weit vom Schuss, weisse."

Un dabei bliep et auch. Widda wa füa den klein Bengl Häbbeat ne Nacht volla Dönekes un Aamteuja hinta sich gebracht.
Ole Luk-Oje machte sich auf leisn Soohln vom Acka un Häbbeat pennt noch biss zum Moagn. Er ratzte tief un fest un waad zum Frühstück widda wach un dachte anne töfte Zeit mit Ole Luk-Oje un watta mit ihm allet untanaahm.

Samztach

„Hömma, bekommich von dich heute widda n´ töftet Döneken vatellt," fraachte Häbbeat am Aahmt Ole Luk-Oje, bevoara ihn zum Pennen gebracht hatte, un Ole Luk antwoatete:

„Nee, heute Aahmt gehdet nich, da habbich keine Zeit dazu," spannte sein schöön Reegnschiiam offm un sachte:
„Kumma hia de Schieneesn!"
Un dea ganze Reegnschiiam sah aus, wie ne schieneesischet Schäälken mit blaun Blüütn un mit spitzn Brückn un vieln klein Schieneesn drauf, die daastandn un mitte Köppe nicktn.

„Wia müsssn de ganze Welt biss moagn gut aufgeputzt haabm," sachte Ole Luk-Oje; „et is ja dann nen Feijatach un Sonntach, weisse. Ich will ma nache Kiiach-tüamkes kuckn, um seehn zu tun, op de kleinen Kobolde de Glöckskes gut polliean, damit se töfte un hüpsch klingn tun, wennse geläuet wean. Ich will au hinaus aufs Feld hömma, um seehn zu tun, op de Winde den Staup vom Grass un Blättkes blaasn; un wat de größste Maloche is, ich will noch all de Steankes vom Himml holn, um se polliean zu machn. Hömma, ich nehmse dann in meine Schüaze; abba east mussich se einzln nummeriean un de Löchskes, woran se aufgehangn sin, au nummeriean, damitse widda da hängn tun, wose voahea hingn, weisse. Se müssn au recht fest sitzn machn, sonz könnse ein alz Steanschnuppm aufm Deetz falln un dat wolln wa ja nich, nä!"

„Ach hööanse mich auf den Bengl son Mist zu eazäähln, Herr Ole Luk-Oje!" sachte dat olle Poaträä, welchet übba Häbbeat's Fuazmolle anne Wand hink. „Hömma, ich bin Häbbeat's Ur-Uroppa, son Schisselameng habbich ja nonnie gehööat. Ich tu ihn ja dankn machn, datse den Bengl töfte Dönekes vatelln, abba se müssn de Begriffe nich vadrehn tun. Kea, de Steankes könn nich runnakomm un von dich polieat weadn! De Steankes sinne Weltkuugl, wie ebent unsre Eade au is un dat is au graade dat Gute an ihnen, weisse."

Illustration: **Thomas Vilhelm Pedersen** 1820 - 1859 (Bild-PD-alt)

„Hömma ich dank dich du olla Griesgraam von Ur-Uroppa!"
antwoatete Ole Luk-Oje dem Poaträä; „Hömma, ich dank dich!
Du biss ebent dat Oobahaupt vonne Mischpooke; du biss dat
Urhaupt; abba ich bin doch n´ bissken älta alz du! Ich binnen
olla Heide weisse; de Rmöa un Griiechn nanntn mich
Träumkesgott! Hömma, ich bin inne voaneehmstn Häuskes un
Hüttn gekomm un komm imma noch dahin! Kea, ich weiss
Dinge, da schlackasse abba mitte Ooan! Ich weiss sowohl mit
Geringn, wie mit Großn umzegehn! Getz kannze dia geane
nen Wolf kwatschn, ich bin damma wech, woll!"

Da gink Ole Luk-Oje dahin, nahm sein Reegnschiiam mit un
vapisste sich.

„Mmh! Nun daafse nonimma dein Senf dazu tun un de eigne
Meinunk saagn, dann is eina sofoat angepisst!" brummte dat
olle Poaträä. Kuaz darauf eawachte dea kleene Häbbeat, denn
et wa schonn widda ein sonniga Moagn un dea Lorenz knallte
in sein Kabüffken.

62

Sonntach

„Guutn Aahmt!" sachte Ole Luk-Oje un Häbbeat nickte mittn Kopp, hüppte hoch zum Poaträä det Ur-Großvaddas un drehte et geegn de Wand, damit et nich widda zwischnlaaban konnte.

„Hömma Ole Luk-Oje, getz musse mich abba nen Döneken eazäähln: am bestn dat vonne fünf grüün Eapsn, die inna Schote wohn tun un vonnem Haahnfuß, dea den Hoof machte un au vonne Stoppnaadl, die so voanehm taat, datse sich einbidet, ne Näähnaadl zu sein, nä!"

„Hömma Häbbeat, man kann au det Guutn zu ville bekomm, weisse!" antwoatete Ole Luk-Oje. „Du weiss doch wohl, daddich dich am liepztn wat zeign tu! Ich will dich ma mein Bruuda zeign machn! Hömma, er heißt au Ole Luk-Oje, so wie ich weisse, abba er kommt zu Niemand öfta alz nua einma un zu weena komm tut, den nimmta auffm sein Zossn mit un eazäählt ihn Dönekes. Kea hömma, er tut abba nua zwei kenn machn; de eine is so aussaoantlich töfte, dat keine inne ganzn Welt, se sich denkn kann; un de andre is so häßlich un gräulich hömma, dat kannze gaanich beschreibm machn, weisse!"

Un dann hoop Ole Luk-Oje den kleen Häbbeat ausse Poofe zum Fenstaken hinauf un sachte:
„Kumma, da draussn wiasse mein Bruuda seehn, also den andan Ole Luk-Oje! Se nenn ihn au den Tod, weisse! Siehsse, er tut gaanich so schlimm ausehn, wieja inne Bildabüüchskes imma alz Knochngerippe zu seehn is! Nee, dat is nua Silbastikkarei, dieja auf seine Klamottn hat, dat is de schöönste Husaan-Uunnifoam: nen Mantl von schwattn Sammet fliecht übba sein Gaul! Kumma, wieja im Galopp reitn tut."

Da glotzte Hänbbeat abba ausse Klüüsn un saah, wie diesa Ole Luk-Oje mit seinem Zossn davonritt un sowohl junge wie au ältre Leutz auf sein Gaul nahm. Einige von ihnen, setzte er voane aufm Zossn.

Illustration: **Thomas Vilhelm Pedersen** 1820 - 1859 (Bild-PD-alt)

Andre widdarum hintn auf, abba imma fraachta se: „Samma, wie stehtz denn mit dein Censuabüüchsken?" „Gut!" sachtn se.

„Ja dann lass ma sehn!" sachta; un dann musstn se ihn dat Büüchsken zeign tun; un alle Die, welche „Seha gut" un „Ausgezeichnet gut" drinnen am stehn hattn, kamen voane aufm Gaul un bekamen de töftn Dönekes vatellt.

Abba Die, welche „Zimmlich gut" oda „Mittlmääßich" drinne am stehn hattn, musstn hintn aufsitzn un bekamen de häßlich, gräulichn Dönekes zu hööan; se zittatn un pläatn un wolltn vom Gaul springn, konntn et abba nich, denn se waan sogleich dran festgewaksn.

„Abba dea Tod is ja dea prächtichste Ole Luk-Oje" sachte Häbbeat. „Voa ihn binnich nich bange un Muffmsausn habbich voa ihn au nich!"

„Dat musse aunich," sachte Ole Luk-Oje. Sieh nua zu, datte nen guutet Zensuabüüchsken haabm tuhs!"

„Jau, da hasse waah," muamelte dat Poaträä det olln Ua-Großvaddas. „Et hilft doch, wenn man seine Meinunk sacht!" un gaap sich zufrieedn.

Kumma, dat wa dat Määchen von Ole Luk-Oje; nun machta von sich selpz, ab heute Aahmt meha vatelln tun !!!

ENDE

Dat häßliche Entken

Hömma, et wa eima so töfte un healich draußn auffm Lande, weisse! Et wa Somma un dat Koan stant gelp, dea Haafa grüün, dat Heu wa untn auffe grüün Wiesn in Schooban aufgesetzt un dea Stoach laatschte auf sein langn, rootn un dünn Kackstelzn un plappate auf äägiptisch, denn diese Spraache hatta ma von seina Frau Mudda geleant, weisse.

Rinkz umme Äcka un Wiesn waan mächtige Wälda un mittn drinnen wa nen tiefa See. Ja, et wa ächt healich, da draußn auffm Lande hömma! Mittn im Sonnschein laach doat nen altet Landguut, von tiefn Kanääln un Beckn umgeebm; un vonne Maua zum Wassa runna da wuucksn große Kleeblättkes, die so hoch waan, dat de klein Blaagn unta dem hööstn aufrecht stehn konntn, vastehsse!? Hömma, et wa ebentso wild darinnen, wie im tiefstn Wäldken. Un genau hia saaß n´ Entken auf seinem Nestken; welche ihre Jungn da ausbrüütn musste; abba iha wa et fast zu langweilich; ehe de Jungn kamen; dazu eahielt se kaum Besuch un de andren Entkes schwammen lieba inne Kanääle un inne Becke umhea, alz datse sich zu iha unta de Kleeblättkes pfleetztn un mit iha zu schnattan, weisse.

Entzlich platze nen Ei nachm andan; „Piep! Piep!" sachte se un alle Eidotta waan lebendich un strecktn de Köppe ausse Schaale. „Rapp! Rapp!" sachte se; un so rappltn Alle, watse konntn un saahn nach alle Seitn unta de grüün Blättkes; un de Mudda ließ se glotzn, so viel se wolltn un solange se Bock hattn, denn dat Grüüne is gut füare Glubschn, nä.

„Kea, wie mächtich grooß doch de Welt is." sachtn de Entn-küückskes; denn nun hattn se freilich ganz andas Platz, alz wie innem engn Ei, weisse.

66

„Hömma, glaupta denn, dat dat de ganze Welt sein tut?" sachte de Mudda, „kea, se eastreckt sich noch viel weita, übba de andre Seite det Gaatns, graade hinein in den Pfaffn sein Felde hömma; abba da binnich au nonnich geweesn. Iha seit doch alle zusamm oda?" fua se foat un stant auf. „Nee, ich hap nonnich Alle; dat größte Ei liiecht noch da; kea, wie lange soll dea ganze Schisselameng dennoch dauan! Getz binnich et abba bald leid hömma!" un so setzte se sich widda un brüütete weita dat letzte Ei aus.

„Na wie is?" fraachte de olle Ente, welche gekomm wa, umse ma widda nen Besuuch apzustattn.

„Et muss, weisse!" sachte dat Entken die da brüütete. „Kea, et is einfach so langwiarich mittm letzn Ei hia, et will einfach nich aufplatzn tun; doch kumma hia de andren an; sinse nich schnukkelich? Et sin einfach de niedlichstn Küückskes die man je gesehn hat, nä! Se gleichn allesamt ihan Vatta, den olln Halodri; er kommt mich nonimma besuuchn, dea olle Sack."

„Zammama dat Ei wat nich platzn will hömma," sachte de oll Ente, „Glaupmama, et issn Kalekutnei! Ich bin au schomma so vanatzt woadn un hatte mächich Soage un Not mitte Jungn, denn ihnen is bange voam Wassa, weisse! Ich konnte se nich hineinbringn tun; ich rappte un schnappte, abba et half nix. Lass mich dat Ei doch nomma seehn hömma! Jau, dat issn Kalekutnei! Lass dat ma ruhich da am liegn un tu deine Blaagn easma dat schwimm beibringn machn."

„Ach weisse Alte," sachte de Entnmudda; „nun habbich schonn so lange drauf gesessn, so kannich au noch einige Taage drauf am sitzn bleim!"

„Wieje willz," spraach de Alte un waatschelte von dannen.

Entzlich platzte dat große Ei. „Piep! Piep!" sachte dat junge Entken un machte sich dranne rauszukrabbln. Hömma, et wa so mächtich un so häßlich! De Entnmudda bekucktet un spraach: „Kea, dat is abba nen gewaltich großet Entken, keinz vonne andren sieht so aus; sollte et doch´n kalekutischet Kücksken sein? Nun, wia weadn bald dahinta komm; inz Wassa musset auf alle Fälle, sollte ich et au selpz hineinschuppm machn."

Hömma, am näästn Tach wa widda töftet Wetta, dea Lorenz schien un knallte vom könichsblaun Himmelken un de Entnmudda waatschelte mitte ganze Mischpoke zua Becke hin. Platsch! Da hüpptn dat easte inz Wassa. „Rapp! Rapp!" sachte et un ein Entken nach´n andren hüppte hintahea: dat Wassa schluuch se übban Kopp zusamm, abba se kam gleich widda hoch un schwamm so prächtich; de Patschefüüßkes gingn von selpz un alle waan se im Wassa; selpz dat häßliche, graue junge Entken schwamm mit.

„Nee! Nie un nimma is dattn Kalekut," sachte se, „wie healich et sich haltn tut, wie et de Patschefüüßkes gebrauchn macht; et is mein eignet Blaach! Im Grunde isset doch ganz knuffich, wenn man et nua recht bekuckt, „Rapp! Rapp!" Kommt ma bei mich bei, ich will Euch inne große Welt füahn, Euch im Entkenhoof präsentiean; abba haltet Euch imma ganz nahe an mich, damit Niemand Euch treetn tut un nehmt Euch voam Dachhaasn in Acht!"

Hömma, nun kam se innen Enkenhoof hinein. Da drinne waan heftich, schrecklicha Läam, denn da waan noch zwei andre Familijen, die sich um son Aalkopp bissn un am Ende bekam ihn doch dat Kätzken, vastehsse!?

„Na kuckt ma, so gehdet inne Welt zu!" sachte de Entnmudda un wetzte ihan Schnaabl, denn se wollte au den olln Aalkopp haabm, weisse. „Gebraucht nun eure Beinkes!" sachte se; „kumma, datta Euch rappln könnt un neicht Euren Halz voa dem olln Entken doat; se is de voanehmste von alln hia; se is aus spaanischn Geblüüt, deshalp isse so mollich, wissta un seehta; se hattn rootn Lappm umme Kwantn; dat is wat aussaoantlichet Schönet un de gröößte Auszeichnunk, welche nen Entken zu Teil weadn kann; dat bedeutet so viel, datse nich valiean will un datse von Tiiea un Mensch eakannt weadn soll! Rapplt Euch! Hömma, setzt eure Maukn nich einwäatz ein; sondan wien wohleazoogenet Entken, setzt eure Maukn weit aussenanda, graade so wie Vadda un Mudda; kumma hia, so wie ich et tu! Nun neicht Euren Halz un sacht Rapp! Rapp!"

Illustration: **Thomas Vilhelm Pedersen** 1820 - 1859 (Bild-PD-alt)

Hömma! Dat taatn de Entkenblaagn; abba de andren Entkes rinkz umhea beglotztn se un sachtn ganz laut:
„Kumma! Getz solln wa au noch den Anhank von se haabm; alz opwa nich schonn genuch wäan! Un bääh! Wie dat eine Entken schonn aussehn tut; dat könnwa nich duldn machn!"

Sogleich flattate son Entken hin un biss dat häßliche im Nackn. „Lasset doch vaduftn! Et tut doch kein wat." sachte de Mudda.

„Ja abba!" quaakte dat beißnde Enteken; „et is so mächtich grooß un apgefaan un deshalp musset gepufft weadn!"

„Kea hömma, et sin doch schnukklige Blaagn, welche dat Entnmüttaken da haabm tut," sachte de Alte mittn Lappm ummen Flunkn; „alle sin doch so schnukkelich, biss auf dat eine; dat is ebent nich geglückt; ich möchte, datse et umaabeitn könnte."

„Hömma, dat geht abba nich Ihra Gnaadn!" sachte dat Entnmüttaken; et is zwaa nich hüpsch, abba et hat innalich nen gutet Gemüüt un kann so töfte paddln wie einz vonne andren weisse; jau, ich kann saagn, et kannet sogaa no bessa, alz de andren; ich denk, et wiad hüpsch hearanwaksn un mitte Zeit nen bissken kleina weadn; et hat ebent zu lange im Ei geleegn un deshalp nich de rechte Gestalt angenomm, weisse!"

So zupptese et im Nackn un machte dat strubblige Gefieeda widda glatt. „Et is übbadies nen Enterich hömma," sachte se; „un darum macht et au nich so viel aus, datta annas is. Ich denk ma; er wiad ma mächtich Schmakkes inne Porreepiepm bekomm; er schläächt sich schonn duach!"

„Hömma, deine andren Entkes sin abba ganz niedlich," sachte de Alte: „tut ma nua, alz oppa zu Hause wääd un findet Iha nen Aalkopp, so könnt Iha ihn mia ihn bringn tun."

Un so waanse widda zu Hause, vastehsse!? Abba dat aame Entken, wat biss zuletzt aussm Ei gekrochn wa un so häßlich aussaah, wuade gebissn, geschuppt, gstooßn un hatte et zimmlich schwea gehappt un dat sowohl vonne Entkes, wie au vonne Hüühna, weisse.

„Et is zu grooß!" sachtn Alle, un dea kalekutische Haahn, welcha mit Spoan auffe Welt kam un deshalp glaupte, datta dea Kaisa sei, blies sich auf wien Faahzeuch mit alln Seegln, laatschte graadezu auf selbiget Entken los un dann kollate er un wuade ganz root am Kopp. Dat aame häßliche Entken wusste gaanich, wo et stehn oda gehn sollte; et wa so bedröppelt, weilet so häßlich aussaah un vom ganzm Entnhoofe vaspottet un veagageijat wuade. So ginget den eastn Tach, abba spääta wuade et noch schlimma hömma. Dat aame Entken wuade von alln gejaacht; selpz seine Schwestakes waan brääsich zu ihm un sachtn imma:
„Kea, wenn nua dat Kätzken Dich entzlich fangn möchte, Du elendich un häßlichet Geschöpp."

Un de Mudda wa mitte Zeit aunich bessa un sachte: „Wennze nua entzlich foat wäas! Du machs unz dat Leehm schwea!"

De Hüühna schluugn et, dat Mädken, welche de Viecha füttan sollte, traat mitte Maukn nach ihm un et wa ganz bedröppelt. Da lief dat häßliche Entken wech un flooch übban Zaun; de klein Vögelkes inne Büsche floogn easchrockn auf.

„Dat geschiet allet nua, weilich so häßlich bin." dachte sich dat häßliche Entken un machte de Glubschas zu, wetzte abba gleichwohl weita; so kamet hinaus zum grooßn Mooa, wo de wildn Entkes woohntn. Da laach et nun de ganze Nacht im schein dea Säufasonne, denn et wa ja so müüde un bedröpplt, et fink am heuln un de Tränkes kullatn ihm übba de Schnuute.

71

Hömma, am näästn Moagn floogn de wildn Entkes auf un bekucktn sich den neujen Kumpl.

„Wat biss duud´n füa Eina?" fraachtn se un dat Entken wendete sich nach alln Seitn un grüßte, so gut et konnte, weisse. „Kea, wat bisse häßlich hömma!" sachtn se, „abba dat kann unz egaal sein, wennze nich in unsre Mischpoke einheiratn tuhs."

Dat aame häßliche Entken! Et dachte gaanich daran, sich zu vamäähln, wennet nua de Ealaupnis eahaltn konnte, doat im Schilfe am liegn zu bleibm un wat vonnem Mooawassa süppln zu düafm. Kea hömma, so laach et doat zwei ganze Taage; da kamen dann zwei wilde Gänse oda richtige wilde Gänseriche daoathin; et wa nonnich lange hea, datse au aussm Ei gekrochn waan un deshalp waanse au so keck zu ihm.

„Hömma Kumpl!" sachtn se; „Du bisso häßlich, dat wa dich guut leidn tun; willze nich mit unz mitziehn un nen Zuchvögelken weadn? Hia nahebei innem andren Mooa, da gibbet einige schnukklich süße un liepliche wilde Gänzkes, sämmtliche Schicksn, de alle „Rapp!" saagn könn. Hömma, du biss im Stande, Dein Glück da zu machn, opwohle so häßlich biss un nich graade wie Donnelt Dack aussehn tuhs!"

„Piff! Paff!" eatöönte et mitma un beide wilde Gäänzkes fieln tod inz Schilf nieda un dat Wassa fäabte sich bluutroot. „Piff! Paff!" easchollet widda un ganze Schaan wilda Gänzkes floogn aussm Schilfe auf un dann knallte et abbamalz, „Piff! Paff!"

Hömma, et wa grooße Jacht; de Jääga laagn rinkz um dat Mooa hearum; ja, einige saaßn sogaa oohm auffe Baumzweigskes, welche sich weit übba dat Schilfroha hinstrecktn. Dea blaue Dampf vonne Flintn zooch gleich in Wölkskes inne dunklen

Bäumkes hinein un weit übbat Wassa hin. Dann kamen de Jachttööln; Platsch! Platsch! Un dat Schilfroha neichte sich nach alln Seitn. Kea, wa dattn Schreck füa dat aame Entken! Et wendete seinen Kopp hin un hea, um ihn danach unta de Flüügelkes zu steckn, denn et hatte mächtich Muffmsausn; hömma, im selbm Aungblick stant nen füachtalicha Kööta dicht beim Entken; sein Lappm hink im lank ausse Schnüss hearaus un de Klüüsn leuchtetn gräulich; er streckte sein Rachn dem aamen Entken geraade entgeegn, zeichte un flätschte seine schaafm Haua un … Platsch! Platsch! Ginga widda, ohne et zu packn, weisse.

„Oh Gott sei Dank!" seuftzte dat aame Entken, „kea, wat mussich häßlich aussehn tun, dat selpz son olla Kööta mich nich beißn macht!

Hömma, un so laach et ganz stikkum, wäahnt de Schroote duach dat Schilf saustn un Schuß auf Schuß knallte, denn de Jääga ballatn wie de Irren, weisse. East späät am Tach wuade et stilla un de Jacht wa zu Ende; abba dat aame Entken waachte sich nich zu eaheebm oda iangswie zu illan, op de Luft rein wäa; et waatete meharere Stündkes, bevoa et sich umkuckte un dann eilte et wacka aussm Mooar foat; hömma, et wetzte wat et konnte. Et feckelte übba Felda un Wiesn; kea, un et toopte nen heftiga Stuam, dat et ihm schwea wuade, vonne Stelle zu komm, vastehsse!?

Geegn Aahmt kam et inne mickrige Bauanhütte unta; hömma, de wa so schäbbich un baufällich, datse selpz nich wusste, nach welcha Seite se zusammfalln sollte; un drum bliep se am stehn. Dea heftige Stuam umsauste dat aame Entken so, dat et sich hinpfleetzn musste, um sich dageegn zu stemm; abba et wuade noch schlimma un schlimma. Da bemeakte et, dat de Tüa aus eina Angln gegangn wa un so schief hink, dat et duache Spalte inne Stuube reinschlüppm konnte un tat et auch.

Hömma, hia woohnte ne Olsche mit ihan Kaata un nea Henne un dea Kaata, welchn se Söhnken nannte, konnte nen Buckl machn un schnuaan; er sprüühte sogaa Funkn, abba dann musste man ihm geegn dat Haa streichln machn. De Henne hatte ganz kuaze un mickige Kackstelzn un desweegn wuade se Küchlchen-Kuazflunkn genannt; se leechte jeedn Tach gut Eija un de Olle liepte se wie iha eignet Blaach, weisse. Am Moagn bemeakte man sogleich dat fremde Entken; un dea Kaata fink am schuaan un de Henne zu gluckn.

„Kea, wat is dattn?" sachte de Olle un kuckt sich um; abba se saah nich gut un so glauptese, dat dat Entken ne fette Ente wäa, die sich hia vaiaat habe. „Dat is abba ma nen seltna Fang!" sachte se. „Getz kannich entzlich Entneija bekomm. Wennet nua kein Enterich is! Da müssn wa easma kuckn, woll."

Illustration: **Thomas Vilhelm Pedersen** 1820 - 1859 (Bild-PD-alt)

Un so wuade dat aame Entken füa drei Wochn auf Proobe aufgenomm; abba et kamen keine Eija ausse Fott, weisse. Hömma, dea Kaata wa der Heaa im Hause un de Henne wa de Daame un imma sachtn se:

„Wia un de Welt!" denn se glauptn, datse de Hälfte sein un zwaa de bei weitrem bessere Hälfte vonne Welt.

Dat häßliche Entken abba glaupte, dat man au andra Meinunk sein kann, abba dat gefiehl dea Henne gaanich.

„Hömma, kannze eingslich Eija leegn?" fraachte se.

„Nee hömma, dat kannich nich!" antwoatete dat Entken.

„Na dann, wiasse ja wohl de Güüte haabm de Fresse zu haltn un zu schweign, woll!" sachte de Henne.

„Samma, kannze eingslich nen krumm Buckl machn, schnuuan un Funkn sprüühn?" fraachte dea Kaata.

„Nee, kannich nich!" sachte dat Entken.

„Dann daafse au keine eigne Meinunk haabm, wenn wia vanümftige Leutz untananda palaawan," antwoatete dea Kaata. Da wa dat aame Entken bedröpplt, bei miesa Laune un hockte sich inne Ecke vonne Stuube; denn doat fiel frische Luft un Sonnschein hearein; kea, da bekamet soiche Lust, auffm Wassa zu paddln, dattet et nich untalassn konnte, et dea Henne auszupalaawan.

„Kea, wat fällt dich eingslichein?" fraachre se, „du hass doch wohl nen Ei am wandan, hass nix zu tun? Leech Eija oda fank am schnuaan an!"

75

„Abba hömma, dat Wetta is so healich, dea Lorenz scheint draußn un et is soo töfte, auffm Wasa zu schwimm!" sachte dat Entken. „so healich isset, sich dat kalte Wassa übbam Deetz zusammschlaagn zu lassn un auffm Grud apzutauchn. Abba dat kannze ja nich, du biss ebent nua ne Henne!"

„Hömma, dat kann schonn sein, dat dat nen großet Vagnüügn is!" sachte de Henne,

„Samma, Du biss wohl varückt gewoadn?" fraachte dea Kaata, „er is dat klüügste Geschöpp, dat ich kenn tu; oppa et liept, auffm Wassa zu paddln oda untazutauchn? Ich will ja nich von mich sprechn. Fraach ma selpz unsre Heaaschaft, de oll Madtka; klüüga alz sie is Niemand auffe Welt! Glaupse denn, datse Lust hat schwimm zu gehn un ihan Kopp inz Wassa zu döppm um et sich darübba zusammschlaagn zu lassn?"

„Kea, iha vasteht mich einfach nich!" sachte dat aame Entken.

„Wat? Wia vastehn dich nich? Wea soll dich denn au vastehn könn! Du wias wohl nich klüüga sein wolln alz dea Kaata un de oll Matka; von mia willich nich kwatschn! Bilde dich ma nix ein, mein Blaach! Un danke ma lieeba Deinen Schöpfa füa all dat Gute, dat man Dia eawiesn hat! Hömma, bisse dennich inne waame Stuube gekomm un hass ne Gesellschaft, von dea Du wat proffitiean konntes? Abba Du biss einfach nen Laabakopp un et is nich eafreulich mit Dia umzugehn! Mia kannze ruhich glaubm hömma! Ich mein dat nua gut mit Dich. Ich sach Dich, Unannehmlichkeitn un daran kannze deine Froinde eakenn un an eine Poote apzähln! Kuck zu, datte Eija leechs oda schuaan un Funkn sprühn leanz!" sachte de Henne.

76

„Wissta wat? Ich glaup, ich laatsch lieba weita inne weite Welt hinaus un suuch doat mein Glück, denn et gippt bstimmt nen Oat, wo man mich geane hat!" sachte dat häßliche Entken.

„Dann sieh zu, datte Land gewinnz un tu, watte nich lassn kannz!" sachte de Henne.

Hömma, dat ließ sich dat Entken nich zweima saagn un gink foat; et schwamm auffm Wassa, et döppte den Kopp un tauchte unta, abba von alln Viechan wuade et weitahin weegn seina Häßlichkeit übbasehn. Nun traat dea Heapzt ein; de Blättkes im Walde wuadn gelp un braun; dea Wind fasse se, sodatse umheatanztn; unoohm inne Luft wa et sehr kalt; de Wölkzkes hingn schwea mit Haagl un Schneeflöckzkes; un auffm Zaun, da stant dea Raabe un keifte: „Au! Au!" voa lauta Kälte; jau, et froa einem schonn ein wenich un wa aaschkalt, wennze daran dachtes.

Dat aame Entken hatte et waahlich nich gut im leebm weisse! Hömma, einet aahms, dea Lorenz gink unta, da kam nen ganza Schwaam healich großa Vögelkes aussm Busch; dat Entken hatte soiche nonnie so schöön gesehn; se waan ganz blendent weiß, mit langn geschmeidign Hälsn; et waan Schwääne, weisse. Se stießn nen eigntüümlichn Ton aus, breitetn ihare prächtign langn Flüügelkes aus un floogn vonne kaltn Geegend foat nache waam Lända un offenen Seen hömma! Se stiegn so hoch, so hoch empoa un dat junge häßliche Entken wuade so sondabaa zu Mute; et drehte sich im Wassa wie nen Rad rund hearum, streckte sein Halz hoch inne Luft nach ihnen aus un stieß nen sondabaan Schrei aus, dat et sich selpz davoa füachtete, weisse. Oh, et konnte einfach de schöön, glückzlichn Vögelkes nich vagessn tun; un sobalt et se nich meha eablickte, tauchte et graade biss auffm Grund; un alzet widda raufkam, wa et wie aussa sich. Hömma, et wusste nich, wie de Vögelkes hießn, aunich wohinse flöögn; abba doch wa et ihnen gut, wie et noch nie Jemandn so geweesn wa, weisse. Et beneidete se übbahaupt nich. Wie könnte et dem aam Entken au einfalln, sich sowatt wünschn zu tun? Et wäare schonn froh geweesn, wenn de Entkes et unta sich geduldet hättn; dat aame häßliche Tiea!

Hömma, dea Winta kam un er wuade so kalt, so aaschkalt! Dat dat aame Entken im Wassa rumschwimm musste, um dat völlige Zufriean det selbign zu vahindan; abba in jeeda Nacht wuade dat Löchsken, worin et paddelte imma kleina un kleina. Et froa, sodat et inne Eisdecke am knackn tat; dat aame Entken musste foatwäant de Maukn beweegn, damitsich dat Löchsken nich schloss. Abba zuletzt wuade dat aame Entken so matt un müde, laach ganz stille un froa somit im Eise fest.

Det Moagns früh kam nen Baua; da er dat aame Entken saah, ginga hin, schluuch mit seina Holzgalosche dat Eis in Stückskes un truuch dat aame Entken heim zu seina Olschen. Da wuade et widdabeleept. De Blaagn wolltn mit ihm spieln; abba dat Entken glaupte, se wolltn ihm wat zu Leide tun un et masakriean un fiel voa Muffmsausn gleich innen Milchnapf hinein, sodat de Milch duache Buude spritzte. De Olsche det Bauan schluuch de Pootn übban Kopp zusamm, worauf dat Entken in dat Buttafäßken, dann runna inne Mehltonne fiel un anschließent rauskullate. Kea hömma. Weisse wie et getz aussah! Hömma, de Olsche keifte wie am Spieß un schluuch mitte Feujazange nach ihm; de Blaagn rannten sich einanda übban Haufm, um dat aame Entken fangn zu tun; se beömmeltn sich un schrien!

Gut wa et, dat de Tüa offm stant un dat aame Entken zwischn de Ritze innem frisch gefallen Schee schlüüpm konnte; un da laach et nun ganz schachmatt. Abba all de Not un Elent, wat dat aame Entken innem haatn, eisign Winta eaduldn musste, getz hia auszupaplaawan, dat wüade zu deabe sein.

Et laach im Mooa zwischm dem Schilfe un dea Lorenz knallte widda wääma un de Leachn trällatn; denn et wa getz healicha Frühlink, weisse. Da konnte dat Entken aufeima seine Flüügelkes schwingn; se braustn stääka alz früha un truugn et kräftich davon; hömma, ehe et recht wusste wat Ambach wa, befant et sich innem mächtich grooßn Gaatn, wo de Applbäumkes inne Blüüte standn, wo dea Fliieda duftete un seine langn grüün un gekrümmtn Zweigzkes hinunta biss zu de Kanääle hingn. Kea, dat töfte hömma un so frühlinkzfrisch! Un aussm Dickicht kam drei prächtich, weiße Schwääne; se braustn de Feedan un schwamm so leichtfüüßich auffm Wassa. Dat Entken eakannte de prächtign Schwääne un wuade vonna eingtüümlichn Bedröppltheit befangn.

„Kea, ich will zuse flieegn machn, zure könichlichn Vögelkes! Un se weadn mich villeicht totschlaagn, weilich dea häßliche bin un mich traun tu, ihnen übban Weech zu laatschn. Abba dat is mia schnuaz! Bessa von deen wat auffe Mappe zu bekomm, alz vonne Entkes gepiesackt, vonne Hüühna geschlaagn un vonnem Määdken, welchet dat Futta im Hoofe bringn tut, inne Fott getreetn zu weadn un im Winta zu leidn!"

Hömma, so floochet hinaus aufs Wassa un paddelte de prächtign Schwääne entgeegn; diese saahn et un schossn mit brausendn Feedan auf selbiget los.

„Jau, töötet mich nua!" sachte dat aame Entken un neichte seinen Deetz dea Wassaoobafläche zu un eawaatete den Tod. Abba wat geschah un wat eablickte et im klaan Wassa? Et saah sein eignet Spieglbildken unta sich, et wa kein plumpet, schwattgrauet häßliche Entken meha, so häßlich un gaastich; nee hömma! Et wa selpz nen schööna Schwaan gewoadn.

Hömma, et schaadet nich innem Entnhoof geboan zu sein; abba wennze auf Kohle geboan biss un innem Schwaanei geleegn hass, isset doch töfte hömma! Kea, wat füühlte et sich eafreut übba all de Not un Pisakkarei, welchet et eaduldn musste. Nun eakannte et east recht sein mächtiget Glück, weisse, an alle Healichkeit, die et begrüßte; un de drei Schwääne umschwamm et un streichltn et mitte Schnääbl, vastehsse!?

Hömma, innen Gaatn kamen de Blaagn un schmissn Broot un Koan inz Wassa; un dat kleinzte vonne Blaagn rief:
„Kumma! Da issn neuja!" un de andren Blaagn juubltn mit:
„Jau, et issn neuja Schwaan angekomm!"

Illustration: **Thomas Vilhelm Pedersen** 1820 - 1859 (Bild-PD-alt)

Se klatschtn inne Pootn, schwooftn umhea, wetztn zu Vadda un Mudda un et wuade nonne Runde Broot un Küüchsken inz Wassa geschmissn.

„Ey kumma, dea neuje is dea schöönzte! sachtn alle; so junk un prächtich issa!" un de oll Schwääne vaneichtn sich voa ihm.

Da fühlte er sich so beschäämt un streckte sein Kopp unta de Flüügelkes; er wusste sepz nich, watta dazu saagn sollte; er wa allzu glückzlich, abba duachaus nich stolz, denn nen guutet Heazken wiad nie stolz sein, weisse!

Hömma, er dachte daran, wieja vafolcht un vahööhnt wuade un nun höaate er alle saagn tun, datta dea schöönzte von alln Vögelkes sei. Selpz dea Fliieda boch sich mitte Zweigzkes geraade zu ihm inz Wassa runna un dea Lorenz schieen so waam un mild! Da braustn seine Feedakes, dea schlanke Halz hoop sich un aus vollm Heazn juubelte er:
„Kea, so viel Glück habbich mich nich zu träum gewaacht, alzich noch dat häßliche Entken wa!"

*** ENDE ***

Dat kleene Mädken mitte Zünthözkes

Et wa eima iangswann im Ruhapott, da wa et aaschkalt un schneite; et wa schonn ganz dunkl un Aahmt, dea letzte Aahmt det Jaahs, weisse. Hömma, in diesa Kälte un Finstanis laatschte ne aame, kleene Schickse auffe Straaße umhea, se hatte weeda Schaal noch´n Petzelken am Kopp un se wa nackich anne Maukn, datse keine Schühkes an hatte. Alzese de Hütte valieß, hattese freilich Puuschn angehappt; abba wat half dat? Et waan seha grooße Pantöffelkes geweesn, die bishea ihre Mudda getraagn hatte, se waan iha einfach zu groß. De kleene vealoa deselbign, alze übba de Straaße huschte, weil zwei schnelle Karren daheagebrettat kamen. Ein Puuschn wa nich widdazufindn, den andren hatte nen Bengl eawischt un wetzte damit davon; er meinte, er könne ihn recht gut alz Wiege benutzn, wenna ma selpz Blaagn bekäme un Vadda wiad.
Da laatschte nun dat aame kleene Määdken mit ihan nackign, Maukn im Schnee umhea un de Pillefüßkes waan schonn blau un root voa Kälte, weisse.

Illustration: **Thomas Vilhelm Pedersen** 1820 - 1859 (Bild-PD-alt)

In ihan olln Kittl, deense auffm Leibe truuch, hatte se ne Menge Streichhölzkes un nen Bund davon inne Flosse. Keine Sau hatte iha den ganzn lieem langn Tach wat apgekauft un se konnte nix veascheujan; Niemand hatte iha nen Fennich zugeschustat oda einen übba. Kea, ganz zittrich voa Kälte un mit Kohldampf schlich se umhea, et wa nen Bildken det Jammas, de aame Kleene seehn zu tun! De Schneeflöckzkes bedecktn ihare langn, blondn Zottln, welche in töfte Löckzkes um ihan Halz fieln; abba daran dachte se nun waahlich nich. Aus alln Fenstakes gläntzn de Latüchtn, übbaall waan bunte Lichta; et roch nach ganz healichn Gänsebraatn; et wa Silwesta Aahmt. Ja daran dachte se getz! Inna Ecke von zwei Häuskes, von deen dat eine meha voasprank alz dat andre, setzte se sich hin un kauate sich zusamm. De mickrign Pillefüßkes hattese an sich gezoogn; abba et froa iha noch meha un na Hause zu gehn waachte se sich nich; denn se hatte ja keine Schweeflhölzkes vascheujan könn un brachte somit keinen Fennich an Monetn mit heim. Von ihan Vadda wüade se bestimmt nen Aaschvoll bekomm un zu Hause wa et au aaschkalt; den übba sich hattn se au nua nen Dach, duach welchet dea Wind pfiff, wenn au de gröößtn Spaltn mit Stroh un Lumpm zugestoppt waan. Ihre mickrign Pootn waan beinahe voa Kälte eastaat. Ach! Dachtese, einz vonne Schweeflhölzken könnte iha wohl gut tun, wennse nua ein einziget aussm Bunde ziehn un anne Wand entzündn un ihre Griffl eawäam düafte.

Illustration: **Thomas Vilhelm Pedersen** 1820 - 1859 (Bild-PD-alt)

Hömma, se zooch einz hearaus; Rrscht! Kea, wie et sprüühte un wie et brannte! Et wa nen waamet hellet Flämmken, wien schönet Lichtken un alze de Flossn darübba hielt; wa et wien healich waama Oofm, übba deense sich de Pootn wäamte, weisse. Et schien dem kleenen Määdken wiaklich so, alz sääße se voam grooßn, eisanen Oofm mit polieatn Messikfüßkes un nen messign Aufsatz rinkzrum. Kea, wat dat Feujaken brannte, et wäamte se so töfte hömma, dat de Kleene au ihare Maukn ausstreckte umse wäam zu machn; doch, da ealosch dat Flämmken, dea Oofm, deense sich voastellte vaschwant un se hatte nua noch nen mickrign rest det Zünthölzkes inne Poote. Hömma, dann wuade nen zweitet anne Wand entzündet, et leuchtete un wo sein Schein auffe Maua fiel, wuade diese duachsichtich wien Schleija un se konnte inne Buude glotzn. Hömma, auffm Tischke waan schneeweißet Tischtüüchsken ausgebreitet; drauf stant glänzendet Poazellangeschiaa un healich dampfte de gebraatne Ganz, mit Äppln un getrocknete Fläumkes drinne. Un wat no prächtiga anzuglotzn wa; hömma, de Ganz hüppte vonnem Tischken runna un wacklte auffm Fuußboodn, mit Messaken un Gaabl inne Brust, biss zurem aam Määdken hin.

Kea, ausgerechnet da ealosch dat Flämmken un et bliep nua de olle kalte Maua zurück! Hömma, da zündete se nochn Hölzken an. Da saaße nun untam healichstn Tannbäumken; er wa noch gröößa rausgepuzt alz dea, deense duache Glastüa beiem reichn Kaufmann geseehn hatte. Tausende von Lichtkes waan da auffe Zweikzkes am brenn un viele bunte Bildkes wiese inne Schaufenstakes sin, blicktn auf se hearap. De kleene Schickse steckte ihre Pootn danach aus; da ealosch dat Streichhölzken. De Weihnachtzlichtkes stiegn imma höha un höha; se saahse getz alz Steankes am Himmlke; eina fiel runna un et bildete n´

langn Feujasteifm. „Getz krepieat Eina!" dachte se, denn ihare oll Ua-Omma, de Einzige, diese liep gehappt hatte un getz gestoam wa, hatte et iha ma auspalaawat; wennen Stean vom Himmlken runnafällt, ne Seele zu Gott empoasteicht, weisse!

Se strich widda nen Hölzken anne Maua an, et wuade widda hell un im Glanze stant de oll Ua-Omma so klaa un schimmant, so mild un liebevoll. „Ua-Grooßmudda!" rief de Kleene, „oh, nimmich doch mit! Ich weiß datte dich widda vapiesels, wenn dat Schweeflhölzken ealöschn is; Du vaschwindes, wie dea waame Oofm, wie dea healiche Gänsebraatn un dat prächtige Tannbäumken!" un se strich dat ganze Bündken mitte Hölzkes an, denn se wollte de Ua-Grooßmudda recht fest haltn tun.
Hömma, de Hözkes branntn mit soichn Glanze, dattet noch hella wuade, alz wie mittn am Taage; de Ua-Grooßmudda wa früha nich so schöön un groß geweesn; se nahm dat kleene Määdken auffe Aame un beide floogn im Glanze dea Froide so hoch innen Himmlken hömma; un doat wa weeda Kälte, noch Kohldampf oda Muffmsausn, denn se waan bei Gott, weisse!

Abba im Winkel anne Maua angeleehnt, saaß inne aschkaltn Moagnstunde dat aame Määdken mit rootn Bäckzkes un nem Lächln auffe Schnüss; se wa eafroan, an det altn Jaahres letztn Aahmt. De Neujaahssonne ging übba de kleine Leiche auf; staa saaß doat dat Blaach noch mitte Zündhölzkes inne Poote, die apgebrannt waan.

„Se hat sich nua eanääan wolln!" sachte man, abba niemand aahnte, watse Schönet geseehn hatte, in welch Glanze se mitte Ua-Grooßmudda zua Neujaahsfroide eingegangn wa.

*** ENDE ***

De rootn Schüühkes

Ey hömma, et wa eima im Ruhapott ne kleene Schickse, se wa so fein un knuffich! Abba im Somma musstese imma mit nackige Maukn laatschn, dennse wa aam un im Winta hattese grooße Holztreeta, sodat iha mickriga Spann ganz root wuade un iha et ganz un gaa weh tat; hömma, da kannze abba ein drauf lassn, weisse.

Hömma, mittn im Doafe wohnte ne oll Schuhmachaolle; se saaß imma un näähte, so gut se et au nua konnte. Se machte aus olln, rootn Tüüchskesstreifm nen Paa kleene Schüühkes; se waan ganz plump, abba et wa gut gemeint; dat kleene Määdken sollte se bekomm, weisse un de kleene Schickse hieß mit Naahm Schantall. Graade an dem Taage, alz ihare Mudda untam Toaf kam, eahieltse de rootn Treeta un hatte deselbm dat eastema an. Sicha wa et nix um damit trauan zu gehn; abba se hatte keine andren un dahea stecktese ihare nackign Pillefüüßkes hinein un ging damit hintam Strohsaage dea Mudda hea. Da kam aufeima n´ mächtich olla Waagn dahea un drinne saaß ne oll Madka; se bekuckte dat Määdken, fühlte Mitleid mit iha un sachte zum Pfaffm:

„Hömma Pastek, geept mich ma dat kleene Määdken rübba, dann weade ich mich ihra annehm tun!"

Un Schantall glaupte, dat geschähe allet nua weeegn dea rootn Schüühkes halba; abba de oll Madka meinte, se seehn gräßlich aus un wean vabrannt. Ab getz wuade Schantall nett un schnukklich angeströppt; se musste leesn un näähn lean un de Leutz sachtn, datse echt knuffelich sei.

Dat Spiegelke abba sachte:

„Hömma Schantall, Du biss meha alz knuffelich, Du biss schöön, weisse!"

Einzt reiste ne Könjin duachet Land un hatte iha kleenet Töchtaken bei sich bei: dat wa ne Prenzessin. De Leutz ströömtn nachm Schlössken hin un unta ihnen wa au Schantall. De kleene Prenzessin stand in feinen, weißn Klamottn voam Fenstas det Schlösskes un ließ sich bekuckn. Se hatte weeda Schleppe noch nen Goldkröönken am Deetz, abba healiche roote Saffian-Treetas; hömma, se waan freilich weit schööna, alz die, welche de Schuhmachaolle dea kleen Schantall genääht hatte, weisse un nix inne ganzn vadammtn Welt, konnte dageegn anstinkn, vastehsse!

Nun wa Schantall so oll gewoadn, datse eingeseechnet weadn sollte; se bekam neuje Plünn un neuje Schühkes sollte se au haabm. Dea reiche Schuhmacha inne Stadt nahm Maaß an iharn mickrign Pillefüüßkes; dat geschah bei ihm zu Hause in son Kabüffken. Kea, darinnen standn grooße Glaasvitrieen mit niedlichn Treetas un blankn Stiefelkes. Dat saah allaliepzt aus, abba de oll Madka konnrte nich gut seehn un hatte somit kein Vagnüügn dran, weisse. Mittn unta de Schühkes standn nen Paa roote Treeta, ganz wie neu, welche de Prenzessin au getraagn hatte. Kea, wat waan die töfte hömma!
Dea Schuhmacha sachte, datse ma füa son Graafm-Blaach gemacht waan; abba se hättn dea Schickse wohl nich gepasst.

Da fraachte de oll Madka:
„Kea, is dat nich Glanzleeda? Denn se glänzn so töfte!"

„Jau, se sin echt töfte am glänzn machn!" sachte Schantall; un se passtn iha un wuadn gekauft. Abba de oll Madka wusste nix davon, datse root waan, dennse hätte Schantall niemalz ealaupt, in rootn Schüühkes zua Einseechnunk inne Kiiache zu gehn; abba dat machtese getz.

Alle Menschn beglotztn ihare Maukn. Un alzse zua Choatüare übba de Kiiachndieln hinschritt, kam et iha so voa, alz wenn selpz de olln Bildkes auffe Graapmääla, de Poaträäs vonne Preedigan un Preedigaweiba mitte steifm Kraagn un den langn schwattn Klamottn de Glupschas auf ihare rootn Treetas glotztn. Un nua an dat dachte se, alz dea Pfaffe seine Poote auf iha Kopp leechte un vonne heilige Taufe, vom Bunde mit Gott un datse nun ne eawaksne Christin sein sollte, kwatschte. Un de Ooagl schmettate so feijalich, dea Blaagnchoa trällate un dea Kiiachnchoa sang; doch Schantall dachte nua anne rootn Schüükes, weisse. Am Nammitach eafuha de oll Madka von alln Leutz, dat de Schüükes von Schantall root geweesn sein; un se sachte, dat et häßlich wäare, dat dat nich passe un dat Schantall spääta, wennse zua Kiiache gänge, imma mit schwattn Treetas laatschn sollte, selpz dann, wennse schonn uaalt sein tun.

Am näästn Sonntach wa Aahmtmaahl un Schantall bekuckte sich de schwattn Schüükes, beeugte de rootn – bekuckte se widda un widda un zooch dann de rootn an. Et waan healicha Sonnschein; Schantall un de oll Madka laatschtn den Fußsteich duachet Koan entlank; da staupte et ein wenich un ihare Treetas saahn siffich aus. Anne Kiiachntüa stand nen olla Invalide mittm Krückmann un mit nem wundabaan langn Baat; hömma, dea wa meha root, alz weiß, eha waara root; un er neichte sich so tiefa konnte un fraachte de oll Madka, oppa ihre Treetas putzn düafte. Un Schantall streckt ihm au gleich ihare kleenen Maukn mitte vasifftn Schüühkes entgeegn un dea oll Seega spraach:
„Kumma eina an, wat füa schnukklige Tanzschüühkes! Hömma, se sitzn schön fest wenna schwooft!" un darauf schluucha mitte Flosse geegn de Sohln.

De oll Madka gaap den Soldaatn nen Almoosn un dann gingse mittm Määdken inne Kiiache. Alle Menschn darin glotztn nach dem Määdken ihare rootn Schüühkes un alle Bildkes saahn danach un alz Schantall voam Altaa kniete un den goldnen Kelch, mit dem billign Fuusl, anne Schnüss setzte, dachte se nua an de rootn Schüükes; un et wa iha so, alz opse selpz im heilign Kelche rumschwimm wüade; un vagaaß ihan Psalm zu trällan, se vagaaß iha „Vadda unsa" zu beetn, denn se hatte nua de rootn Treeta im Kopp. Nache Andacht valießn nun alle Leutz de Kiiache un de oll Madka stiech in ihan Waagn. Schantall eahoop ihan Pillefuß, um dea Altn nachzusteign; da sachte dea Soldaat:
„Kea kumma, wat töfte Tantschüühkes!" un dat Määdken konnte nich umhin; se musste einige Tanzschrittkes machn tun.

Un alz Schantall anfink, fuuhan de Beinkes foat zu schwoofm. Et wa graadeso, alz konntese et nich seinlassn tun un alz op de Schüühkes de Macht übba se hattn. Hömma, se schwoofte umme Kiiachnecke, se konnte et einfach nich lassn, dea Kutscha musste hinta se hea fecekln, um se zu einzufangn; un dann hoopa se in den Waagn, abba ihare Porreepiepm fuhan weita foat zu tanzn, so datse dea guutn olln Madka gewaltich nen Tritt inne Fott gaap. Entzlich nahmse iha de Treetas ap un de Kackstelzn beruhichtn sich. Daheim wuadn de Schüükes innem Schrank gestellt; abba Schantall konnte nich davon ap, sich de Treetas weita zu bekuckn.

Nun laach de oll Madka kodderich inne Fuazolle; et hieß, se wüade dat Zeitliche seechnen un übban Joadan gehn. Se musste de ganze Zeit lang gepfleecht wadn un keina wa da, nua Schantall, abba se packte et gut. Doch einet Tachs wa inne Stadt nen Ball un dat Määdken waad eingelaadn.

89

Se bekuckte sich de oll Madka, die nonnich geneesn wa un noch koddrich inne Poofe laach; se beeukte de rootn Schüükes un meinte, et wäa ja wohl keine Sünde dabei; abba dann zooch se se an, dat konnte se ja gut; un ging auf Trallafitti zum Balle un fink sofoat am schwoofm an. Alze abba zua Rechtn wollte, tanztn de Schüükes zua Linkn un alze de Treppe hinauf wollte, tanztn de Schüükes deselbe runna, duache Straaße un aussm Stadttoa hinaus. Se tanzte un musste tanzn, imma weita, biss innem finstren Wald hinein. Da leuchtete et oohm inne Bäumkes; un se glaupte, et sei de Säufasonne, denn et wa so äähnlich am ausseehn. Abba piepmschmatzn, et wa nich dea Mond, deense saah, sondan et wa dea olle Soldaat mittm rootn Baat; er nickte un sachte zu se:
„Ja kumma eina an, wat füa töfte Tanzschüühkes!"

Da easchraak se un wollte de rootn Teeta ausströppm; abba weisse wat? Se hingn fest anne Maukn dranne, dat se se nich apkrichte. Se schleudate ihare Söckzkes ap, abba allet half nix, de Schüükes waan an ihare Pillefüße festgewacksn. Se tanze, se schwoofte un musste übba Feld un Wiesn, im Reegn un Sonnschein, bei Nacht un Tach, bei Neebl, Wind un Wetta tanzn; allein Nachtz wa et nich so töfte hömma, et wa richtich grausich, weisse.
Se schwoofte den offnen Kiiachhoof rauf; abba de Tootn doat tanztn nich; denn se hattn ja wat Bessret am tun, alz zu schwoofm. Da wolltese sich kuaz auf det Aamen sein Graap setzn tun, wo dat bittre Faahnkraut am wacksn is; abba füase wa keine Ruh, noch Rast un se musste imma nua tanzn. Hömma, un alze geeegn de offne Kiiachntüa hintanzte, saahse doat nen Englken am stehn, et truuch lange weiße Fumml un hatte Flüügelkes, die ihm vonne Schultan biss anne Eade reichtn; sein Antlitz wa streng un eanzt un inne Poote hielta

90

nen schaafet Schweat, et wa breit un glänzent, weisse. Da spraach dat Engelke zurem Määdken:

Illustration: **Thomas Vilhelm Pedersen** 1820 - 1859 (Bild-PD-alt)

„Hömma, tanzn sollze! Tanzn auffe rootn Treetas, bisse bleich un kalt wias, biss deine Pelle zum Geripppe zusammschrumpft! Schwoofm sollze imma weita, von Tüa zu Tüa; da wo de hochmüütign un stolzn Blaagn wohn, sollze ankloppm, sodatse dich höaan un flüachtn! Tanzn sollze, tanzn un nomma tanzn!"

„Gnaade!" rief Schantall, abba se höate einfach nich auf zu schwoofm un de Schüühkes truugn se duache Tüa aufs Feld hinaus, übba Weech un Steech, übba Stöckskes un Steinkes; imma weita musstese tanzn, weisse!
Hömma, einet Moangs tanztese anna Tüa voabei, diese gut kannte; drinnen töönte Psalmgeträlla; nen Saach wuade rausgeschleppt, dea mit Blüümkes geschmückt wa. Da wusstese, dat de oll Madka den Löffl apgegeehm un inz Grass

91

gebissn hatte; un se fühlte, datse von alln valassn un von Gottes Engelken vadammt sei. Se schwoofte un musste imma weita schwoofm, biss inne finstre Nacht hinein; de Schüühkes truugn se übba Doanen un Stumf davon; se riss sich bluutich; se tanzte übba de Heida dahin, nach nem mickrign einsaamen Häusken. Hia wusstese, da tut dea Schaafrichta am woohn un se kloppte mitte Griffl anne Scheibe det Fenstakes un sachte: „Ey, komma raus! Komma wacka raus! Ich kannich reinkomm tun, denn ich muss imma schwoofm, weisse!"

„Hömma, du weiss wohl nich wea ich bin, wa!" sachte dea Schaafrichta! !Ich schlaach den böösn Menschn de Köppe ap un ich meake, dat meine Axt schonn am klingn is!"

„Kea hömma, schlaach mich nich den Deetz vom Leibe," sachte Schantall, „denn dann kannich meine Sünde nich bereun tun! Abba watte machn kannz is; schlaach mich meine Flunkn mitte rootn Schüühkes ap!"

Un darauf bekam se ihare ganze Sünde un dea Schaafrichta schluuck iha de Maukn mitte rootn Schüühkes ap; abba de rootn Treeta tanztn mitte appm Maukn imma noch weita, se tanztn mitte appm Pillefüüßkes übba's Feld dahin innen tiefm Wald hinein. Hömma, dea Schaafrichta wa kein schlechta Seega; nee, dat waara nich, er schnitzte dem kleen Määdken Hölzfüüßkes un Krückn, leaate se nem Psalm, den de Sünda imma trällan tun un se knuutschte ihm de Poote, die de Axt gefüaht hatte un ging dann langsamm übba de Weide hinfoat.

„Kea, getz habbich abba genuch füa de Schüükes gelittn!" sachte se zu sich. Nun willich ma inne Kiiache gehn, datse mich sehn tun!"

92

Un so wetzte se, so wacka se konnet inne Kiiache; abba alze nun dahin kam, da tanztn de rootn Schüühkes widdda vaose hea un se easchraak; se machte de Biege un keahte um, denn se hatte kein Bock meha auffe rootn Treetas, vastehsse!? De ganze Woche übba hinduach wa se bedröpplt un plääate bittre Tränkes; abba alz et Sonntach waad un de Kiiachnglöckzkes läutetn, sachte se:

„Kea, getz habbich abba genuch gelittn un gestrittn! Ich glaube wohl, dattich ebent so gut bin, alz manche von Deenen, die inne Kiiache am sitzn sin, sich brüstn, übba Andre lamentiean un sich dat Maul zeareissn, weisse!"

Da nahmse sich nen Heaz un laatschte mutich hin; abba se kam nich weita, alz biss zua Kiiachhoofstüare: da waan se widda; de rootn Schüühkes voa sich am hea tanzn; un se entsetzte sich un keahte um un bereute recht vom Heazn ihare Sünde, weisse. Se ging zua Pastekwohnunk hin un baat, dat manse doat in Dienzt nehm mööge; fleißich wollte se sein un allet tun, watse nua könnte; auffm Lohn tätse nich kuckn, nua datse nen Dach übban Kopp hätte un bei guutn Menschn leebm könne.

De Olle vom Pfaffm hatte Mitleid mittm Määdken un nahmse in Dienzt: Hömma, wat meinze wat dat Schantall maloochn konnte; se wa richtich fleißich un maloochte mit bedacht: stikkum saaß se un hoachte zu, wenn dea Pastek wat preedichte un laut ausse Bibl voalaas. All de kleeen Blaagn hieltn viel von iha; wennse abba von Putz un Pracht un vonne Schöönheit laabatn, dann schüttelte se nua mittn Kopp.

Am näästn Sonntach gingn se alle inne Kiiache un man fraachte, opse mit wolle; abba se kuckte bedröpplt, mit Tränkes inne Klüüsn, auf ihare Krückn. Dann gingn de andren hin, um Gottes Woat zu hööan, se abba ging allein in iha kleinet

93

Kabüffken; Hömma, et wa nich größa, alz dattn Stuhl unne Poofe drinne stehn konnte, weisse. Un hia pfleezte se sich nieda, nahm dat Gesangbüüchsken un alze mit frommen Sinn darin laas, truuch dea Wind de Oagltööne ausse Kiiache zu iha rübba; un se eahoop iha Antlitz mit Tränkes un sachte: „Oh lieba Gott, helf mich!"
Hömma, da schien dea Lorenz so klaa un graade voa iha stand det Gottes Englken inne weißn Fummln, deense in jeena Nacht anne Kiiachntüa eablickt hatte. Abba er hielt nich meha dat schaafe Schweat inne Poote, sondan nen healichn grüün Zweich, dea volla Roosn wa; un er berüahte damit de Decke un se eahoop sich so hoch; un woha se berüaht hatte, glänzte nen goldnet Steanken. Un er berüahte de Wände die sich auftaatn un se eablickte de Oagl, welche am spieln dranne wa; se saah de olln Bildkes mitte Preediga un de Preedigaweiba; de ganze Gemeinde saaß auffe geputztn Stühlkes un trällatn ausse Gesangbüücha. Hömma, de Kiiache wa so zu det aam Määdken in iha Kabüffken gekomm. Se saaß auffm Stüühlken beie üübrign Leutz det Preedigas; un alze den Psalm geendet hattn un aufglotztn, nicktn se un sachtn:
„Dat wa recht Schantall, datte inne Kiiache kaamz!"

„Hömma, dat wa Gnaade, weisse!" sachte se.

De Oagl klang un de Blaagnstimm im Choa tööntn weich un lieplich! Dea klaare Sonnschein strömte so waam duachs Fenstaken auffm Kiiachnstüühlken, wo dat Määdken saaß; Iha Heaz waad volla Sonnschein, Friedn un Froide, dat et braach; ihare Seele flooch auf Sonnstraahln zu Gott; un doat wa Niemand, dea nache Rootn Treeeta fraachte, vastehsse!?

*** **ENDE** ***

Dat oll Häusken

Hömma, et wa eima im Ruhapott, auf sonna olln Straaße, nen oll Häusken am stehn. Kea, de Hütte hatte schonn übba dreihunnat Jäahchen auffm Buckl; denn so stant dat da auf son Holzbalkn zu leesn, weisse. Hömma, auf welchm in un mit Tulpm un Hopfmrankn de Jaahretzahl angebracht wa. Da laas man au ganze Vease in sonna altn Schreipaat ausse altn Zeit; un übba de Fenstakes waan ne Fratze innem Balkn geschnitzt, dat allalei Grimassn machte. Dea easte Stock raachte n´ ganzet Stückzken übban den andren heavoa un dicht untam Dach wa ne bleichane Rinne mit nem Drachnkopp. Dat Reegnwassa sollte aussm Rachn laufm, hömma et lief abba aussm Bauch hearaus, denn da waan Löchsken inne Rinne, vastehsse!?

Illustration: John William Waterhouse 1849 – 1917 (Bild-PD-alt)

Alle andren Häuskes inne Straaße waan so neu un nett anzuseehn, se hattn mächtige Fenstascheibm un glatte Wände. Man saah et ihnen an, datse nix mitte olln Hütte, untn anne Straaße am tun haabm wolltn. Se mochtn wohl denkn: „Kea,

95

wie lange soll dea olle Gerümpl noch zum Skandaal hia stehn tun? Dat Gesimse tut so weit voastehn machn, dat niemand aussm Fenstaken glotzn kann, wat auf jeena Seite vonne Straaße doat voagehn tut. Kea, de Treppe is au so breit, wie ne Schloßtreppe un so hoch, alz füahte se auffm Kiiachtuam. Dat eisane Gelända sieht aus, wie ne Tüare zu nem Eabbegeäpnis un de messingen Knöppe; dat is ächt alban, weisse!"

Hömma, geraade geegnübba standn au nette un neuje Häuskes, au wenn appman au ma nen Kabachl drunna wa, dachtn se genauso wie de andren; abba am Fenstaken saaß hia nen kleena Bengl, mit frischn rootn Wangn, mit klaan, straahlnden Klüüsn un dem gefiel de olle Hütte ganz gut, weisse un dat sowohl bei Sonn un Mondnschein. Un wenna nache Maua rübbakuckte, wo dea Kalk apgefalln wa; da konnta in Ruhe sitzn un de wundabaastn Bildkes hearaussfindn, grade so, wie de Straaße früha ma ausgeseehn hatte, mit Freitreppm, Gesimsn un spitzn Giebln, vastehsse!? Er konnte de Soldaatn sehn mit Hellebaadn un Dachrinn, die wie Drachn un Lindwüama umhealiefm. Kea, dat wa so recht nen Häusken zum Ankuckn un da drüübm woohnte nen olla Mann, dea inna leedane Kniebuxe ging un nen Rock mit großn Messinkknöppe hatte; er truuch ne Perükke un dat saah man ihn au an, dat et ne Perükke wa.

Jeedn Moagn kam nen olla Seega zu ihm, dea bei ihm, de Bude putzte un füa ihn Gänge machte. Sonnz wa dea Alte inne Kniebuxn ganz alleine in seinem olln Häusken. Appman kamama anne Fenstascheipkes un glotzte raus un dea kleen Bengl winkte ihm zu, un dea alte Mann nickte widda un so wuadn se bekannt, un so wuadn se Froinde, opgleich se niemalz mit einanda gelaabat haabm. Abba dat wa au gaanich nöötich, weisse.

96

Dea kleene Bengl höaate seine Eltan ma saagn:
„Dea olle Keal drüübm haddet gut; abba is doch so entzetzlich allein!"

Dat ging den kleen Bengl abba ganz schön anne Niean un er wollte wat tun, weisse. Am näästn Sonntach wicklte dea er etwat innem Stückzken Papia, ging damit zua Haustüa un sachte, alza den olln Seega saah, dea füa den altn Mann Gänge machn tut un seine Hütte putzte:
„Ey hömma! Willze den altn Manne da drüühm dat hia von mia mitbringn. Ich happ zwei Zinnsoldaatn; dies is eina davon; er soll ihn haabm, denn ich weiss, datta so entsetzlich allein is."

Dea olle Seega sah ganz vagnüücht aus, alza dat höaate, nickte un truuch den Zinnsoldaatn in dat oll Häusken. Späta waad dem kleen Bengl hearübbageschickt, oppa nich Bock hätte, selpz zu komm un sein Besuch zu machen; un dazu gaabm ihn seine Eltan de Ealaupnis; un so kaama nachm altn Mann, in dat uaalte Häusken. Hömma, de Messinkknöppe auffm Treppmgelända glänztn weit meha alz sonz; man hätte glaum könn, datse weegn det Besuuchs extra pollieat wuadn. Un et wa ganz so, alz op de ausgeschnitztn Trompeeta auffe Tüa, aus Leibetkräftn blieesn; ja se blieesn: „Schmettaregedenk! Dea kleene Bengl kommt. Schmettaregedenk!"
Un dann ging de Tüa offm. Dea ganze Hausflua wa mit altn Poaträäs behangn: mit Rittan in Haanischn un Weiba in seidnen Klamottn; un de Haanische rassltn un de seidnen Fumml vonne Weiba rauschtn! Hömma, dann kam ne Treppe, se ging nen großet Stückzken rauf un nen kleinet Stückzken widda runna un dann wa man auf nem Altan, dea schon freilich seha fratze wa un mit mächtign Löchskes un langn Spaltn; abba aus ihnen alln wuucks Grass un Blättkes hearaus.

Dea ganze Altan, dea Hof un de Maua wann mit vieln Grüün bewacksn, dat et so aussah, wie innem Gaatn; abba et wa nua nen Altan. Hia standn olle Bluumpötte, die Gesichta un Eesloohan hattn; de Bluum wuucksn abba ganz so, wie et ihnen gefiel, weisse. In ein son olln Bluumpott wuucksn Nelkn in alln Richtungn drübba dat heißt: dat Grüüne davon, Schuß auf Schuß un se spraachn ganz deutlich:
„De Luft hat mich gestreichlt, dea Lorenz hat mich geknuutscht un mia auffm Sonntach ne kleenet Blüümken vasprochn, nen kleenet Blüümken auffm Sonntach!"

Hömma, dann kamen de Zimma, wo de Wände mit Schweinzleeda übbazoogn un auffm Schweinzleeda waan Goldblüümkes gepresst.

„Vagoldunk vageht, Schweinzleeda besteht!" sachtn de Wände. Dann standn da de Leehnstühlkes mit ganz hohn Rückn, mit Schnittweak un mit Aamleehn an beidn Seitn! „Setz dich!" sachtn se. „Uijuijui, wie et in mich knackt hömma. Nun weade ich gewiß au Gicht bekomm tun, so wie dea olle Schrank! Gicht im Rückn uuuhh!"

Un dann kam dea Bengl inne Stuube, wo dea oll Mann saaß un er spraach:
„Ich dank dich füan Zinnsoldaatn mein lieba Froind! Un nomma vieln Dank hömma, datte zu mich rübbagekomm biss un kein Muffmsausn voa mia hattes."

„Dank! Dank! oda Knick! Knack!" sachtn de Mööbl. Et waan so viele, datse sich allesamt fast im Weege standn, um den kleen Bengl zu seehn. Un mittn anne Wand hingn nen Gemäälde, ne schnieke Tusse, so jung un froh, abba ganz so

98

angeströppt, wie inne altn Taage: mit weißm Puuda im Haa un mit Klamottn, die steif standn, vastehsse!? Hömma, se sachte weeda „Dank" noch „Knick" oda „Knack", abba saah mit ihre mildn Glubscha auf den kleen Bengl runna, dea sogleich deen oll Mann fraachte:

„Samma, wo hasse denn den olln Schinkn mitta töftn Olle apgestaupt?"

„Ja weisse!" sachte dea Alte, „da drüühm vom Tröödla; doat hängn so viele Bildkes! Keine Sau kennt se vom Naahm oda kümmat sich um sie, denn se sin alle schon untam Toaf, weisse. Abba voa vieln Jaahn habbich diese da gekannt un nun isse tot, fast seitm halbet Jaahhunnat schonn!"

Un unta dem Bildken hing, hinta Glaas, n´ Sträußken vawelkte Blüümkes, se waan gewiß au schonn nen halbet Jaahhunnat alt; denn so saahn se aus, weisse. Un dea Peapendikl vonne grooßn Stantuha ging imma hin un hea un de Zeiga dreehtn sich un allet inne Stuube waad noch älta; abba niemand bemeakte et.

„Hömma alta Mann," spraach dea kleene Bengl, „se sachtn bei mich zu Hause, datte so entsetzlich allein wäas. Hasse keine Peale oda ne Olle?"

„Och nee," sachte dea Alte, „bei mia is dea Lack ap un de altn Gedankn, mit alle Dem, watse mit sich füahn könn, komm un besuuchn mich; un nun kommze ja zu mich! Weisse, et geht mich doch seha gut, vastehsse!"

Dann naahma vonnem Büüchabrett nen Büüchsken mit Bilddkes drinnen hearunna; hömma, darinne waan ganz lollige Aufzüüge, de wundabaastn Kutschn, wie manse heutzutaage gaanich meha sehn tut; Soldaatn un Büaga mit weehnden

Faahn. De Schneidakes hattn Faahn mit nea Scheere, die von zwei Lööwn gehaltn wuadn drauf un de Schuhmachas ne Faahne ohne Stiel, abba mit nem Aadla, dea zwei Köppe hatte, weisse; denn beije Schuhmachas musste dat so sein, datse saagn konntn: „Dat issn Paa!"

Jau, dat wa echt nen töftet Bildabüüchsken hömma!
Un dea alte Mann ging innem andret Kabüffken, um Eingemachtet, Äppl un Nüsskes zu futtan zu holn; hömma, et wa wiaklich töfte inna olln Hütte.

„Kea, ich kannet nich aushaltn tun," sachte dea Zinnsoldaat, dea da auffe Kommode am stehn wa. „Hia isset so einsam un traurich! Nee, dat is nix füa mich, wennze dat leehm inna Mischpoke kenngeleant hass, man kann sich hia den Driss nich gewööhn tun; ich haltet einfach nimmameha aus weisse! Kea, dea ganze Tach is so öde un lang un dea Aahmt no länga! Hia is dea Kööta begraahm un nich so töfte, wie drüühm, wo dein Vadda un Mudda so vagnüüchlich kwatschn un wo du un de Blaagn son prächtingn Rabbatz machn tut. Nee, wie einsam et doch bei den altn Mann sein tut! Glaupsse etwa, datta nen freundlichn Blick oda n´ Weihnachtzbäumken kricht? Hömma, er bekommt nix auss nen Graap! Kea, ich haltet hia einfach nich aus!"

„Hömma, du musset nich so vonne ööde Seite sehn tun!" sachte dea kleene Döppke. „Mich kommt allet hia so töfte voa un dannoch de ganzn altn Gedankn mit Dem. Watse mitsich füahn, komm ja au zu besuch, weisse!"

„Jau, abba ich seehse un kennse nich!" sachte dea Zinnsoldaat. „Ich kannet hia einfach nich aushaltn tun!"

100

„Dat musse abba!" sachte dea kleene Stöppke.

Un dea alte Mann kam mit nea vagnüüchtn Fratze un mit de schöönstn un lekkastn eingemachtn Früchtn un Äppln un Nüsskes zurück; un da dachte dea Kleene nich meha annem Zinnsoldaatn. Glückzlich un vagnüücht kam dea kleen Stöppke widda na Hause; un et vagingn Tage un Wochn: un et waad nachm oll Häusken hin un vom olln Häusken hea genickt un gewunkn; un dann kam dea kleene Stöppke widda zum altn Manne rübba. Un de ausgeschnitztn Trompeeta bliiesn widda: „Schmettaregedenk! Dea kleene Bengl kommt. Schmettaregedenk! Da issa dea kleen Stöppke! Schmettaregedenk!"

Un de Schweata un Rüstungn auue olln Rittabildkes rassltn; un de seidnen Fumml dea Weiba rauschtn; un dat Schweinzleeda eazählte; un de olln Stühlkes hattn Gicht im Rückn: „Aua!" dat wa genau so wie dat easte Ma, denn da drüüm wa nen Tach unnen Stündken ganz so, wie de andre, weisse.

„Kea, ich kannet hia nich aushaltn!" lamentieate dea Zinnsoldaat widda. Hömma, ich happ schonn Zinn gewint! Hia isset so traurich, dat ich ganz bedröpplt bin! Kea, lass mich lieba innem Kriiech ziehn un meine Aame un Kackstelzn valiean! Dat is doch ne Vaändarunk! Kea, ich kannet nich aushaltn tun hömma. - Nun weissich, wat wat et heißn tut, Besuuch von altn Gedankn un allet watse mitsich füahn, zu bekomm. Hömma, ich happ Besuuch von den meinign gehappt un du kannz mich ruhich glaum, dat is auffe Länge hin kein Vagnüügn, weisse. Ich wa zuletzt nahe dran, vonne Laade runnazuspringn. Euch alle da drüühm im Hause saah ich so deutlich, alz oppa alle wiaklich hia wäat. Et wa widda dea

101

Sonntach Moagn, wo Iha Blaagn alle voam Tischken standet un den Psalm trällatet, den Iha alle Moagn singn tut. Kea Iha standet so andächtich mit gefaltetete Pootn un Euja Vadda un Mudda waan ebentso feijalich gestimmt; un da gink de Tüare offm un dat kleene Schwestaken Maria, de noch keine zwei Jäähchen auffm Puckl hat un imma schwoofm tut, wennse Mukke höat eintraat. Se sollte zwaa nich, abba se fing am schwoofm an, konnte abba nich recht mittm Tackt mithaltn tun, denn de Tööne waan zu lank gezoogn un so stantse east auf ein Flunkn un hielt den Kopp ganz voanübba un dann auffm andan Binken un hielt den Kopp widda voanübba; abba et reichte nich aus weisse. Hömma, iha standet alle seha eanzthaft, opgeichet etwat schwea fiel, abba ich beömmelte mich innalich un desweegn plumpzte ich vom Tischken runna un bekam ne Beule, mit dea ich imma noch rumlaatsch; denn et wa nich recht von mia, dat ich mich beömmlt hatte.
Abba dat allet un allet wat ich ealeept habe, geht mia getz duachn Kopp un dat sin wohl de altn Gedankn un dat, watse allet mitsich füahn, wonnich!? Samma, sinkta Sonntach imma noch? Un eazäähl mich wat vonne kleen Maria! Samma, wat macht mein Kumpl dea Zinnsoldaat un wie geht et ihn? Kea, dem gehdet bestimmt töfte! Un ich kannet hia einfach nich aushaltn!"

„Hömma mein kleina Zinnsoldaat," sachte dea Bengl, „du biss vaschenkt! Du muss hia bleim! Kannze dat nich vaknuusn?"

Un dea oll Mann kam mittn Kastn widda, in dem so Manchet zu seehn wa: Schminkdöösken un Balsambüksn, olle Kaatn, so mächtich un vagoldet, wie man se gaanich meha zu seehn bekommt. Un et wuadn meharere Kästn geöffnet, au dat Klawiea wuade offm gemacht un da waan innwendich innem

Deckl Landschaftn gemaalt; un et wa so heisa, alz dea olle Mann drauf klimpate; un dann stimmte er ne Mellodie an.

„Jau, dat konnte se trällen," sachte er un nickte dem Bildken zu, datta beim Tröödla gekauft hatte, un det olln Mannes Klüüsn gläntztn dabei so klaa.

„Ich will innen Kriiech! Ich will innen Kriiech!" keifte dea Zinnsoldaat so laut, wieja nua konnte un stüazte sich auffm Fuußboodn runna.

Ja, abba wo issa hin? Dea oll Mann suuchte, dea kleene Döppke suuchte; foat wa dea Zinnsoldaat un foat bliepa auch!
„Ich weade den Racka schonn findn tun," sachte dea Alte; abba er fant ihn nich widda; denn dea Fuußboodn wa allzu offm un spaltich, da is dea Zinnsoldaat bestimmt duachn Spalt gefalln un da laacha nun, wie innem offnem Graabe.

Dea Tach vagink wie im Fluuge un dea kleene Döppke ging na Hause, un de Woche vaging un et vagingn meharere Wochn, da wa et schonn Winta. De Fenstakes waan ganz eafroan, anne Scheibm blüühtn de Eisblüümkes un man musste se anhauchn, um nen Löchsken freizubekomm, damit man dat oll Häusken geegnübba bekuckn konnte; da laach dea Schnee in alln Schnöakeln un Inschriftn reingeweeht un bedeckte de ganz Treppe, graade so, alz op doat keina zu Hause sei.
Un et wa au Niemand zu Hause, denn dea oll Mann wa apgenippelt un vastoabm! Er wa au schonn äct oll un kodderich un dea Winta mitte kaltn Tempratuan un seine Einsamkeit hattn ihn den rest gegeebm, deshalp hatta den Löffl apgeehm müssn.

Hömma, am Aahmt hielt ne Karre vom Tootngrääba voare Tüa un auffm selbign packte man ihn mittn Saach hinein; er sollte draußn auffm Lande zu Saage geschleppt un in seina Begrääpnisstätte ruhn tun. Da fuha man dann hin, abba keine Sau folchte, weisse; alle seine Froinde waan ja au schonn apgenipplt; un dea kleene Bengl waaf nen letztn Blick dem Saage zu un Handküsskes nach, alza so dahin fuha, vastehsse!?

Hömma, einige Taage danach waad große Aukxion innem oll Häusken gehaltn un dea kleene Stöppke kuckte aussm Fenstaken, wie man allet beiseite schaffte un man de Plörren wechtruuch; et waan de altn Ritta un de oll Daamen, de Bluumpötte mitte langn Oaan, de olln Stühlkes un de altn Schränke. Etwat kam hiahin, wat andret doathin; dat Poaträä mitte olln Tussi, wat dea oll Mann vom Tröödla hatte, kam widda dahin, wo et heakam un bliep da am hängn, denn Niemand kannte de Olle un Niemand kümmate sich noch um dat olle Bildken, weisse.

Iangswann im Frühjaa riss man den olln Kabachl ap, denn et wa ja nua Gerümpl, sachtn de Leutz. Man konnte vonne Straaße graade hinein inne Stuube zu de schweinzleedane Übbazüüge glotzn, dea zeafetzt un au schonn apgerissn waad; un dat Grüün det Altans hink ganz vawildat um de zu einstüazendn Balkn hearum. Un dann waad wacka aufgeräumt. „Dat wa abba länkz übbafällich!" sachtn de umstehndn Häuskes.

Hömma, dann wuade doat nen wündaschönet Häusken gebaut, mit mächtich grooßn Fenstakes un weissn, glattn Mauan; abba voam Platz, wo eingzlich dat oll Häusken am stehn wa, waat nen kleena Gaatn angeflanzt un anne Maua det Nachbaan wuuksn wilde Weinrankn empoa; voa dem Gaatn kam nen hohet eisanet Gitta, mit nea Tüa drinnen, dat saah ächt stattlich aus hömma. De Leutz bliеem davoa am stehn un glotztn hinduach un de Spealiche seztn sich zu Dutzendn auffe Weinrankn, schwatztn alle duachenanda, so laut se nua konntn un beschissn den Platz anne Maua; abba nich da, wo ma dat oll Häusken am stehn wa, nee, den kanntnse ja nich un konntn sich aunich dran eainnan, denn et waan ja viele Jäachen inz Land gegangn, weisse.

Hömma, et waan ebent schonn so viele Jäachen, dat dea kleene Stöppke zu nem töftn un tüchtign Seega hearangewaksn wa, an dem seine Eltan de reinzte Froide hattn, vastehsse!? Un dat wa nich dat einzige, weisse; denn dea töfte Seega hatte graade ebent Hochzeit gehaltn un ne schnukklige Tusse zua Olschn bekomm; un nun bezoogn de beidn Tuatltäupkes dat neuje Häusken, voa dem dea kleene Gaatn mittm eisamen Zaun und dem Toa drinne wa. Un hia stanta nun neehm seina Olle, wäahrent se annem Feldblüümken schnuppate un et einsetzte, weil se et so hüpsch fant; se flanzte et mit ihra mickrign Flosse voasichtich inne Eade un drückte et mitte Griffl fest.

Au! Wat wa dattn? - Se staach sich innem Finga un dea Griffl fing am bluutn. Denn ausse weiche Eade raachte etwat spitzet heavoa.

Dat wa! Ja denkt eima nach! Jau! Dea olle Zinnsoldaat, deaselbige, dea oohm beim aam altn Manne vaschütt gegangn wa, dea zwischen de Ritzn un Spaltn det rissign Boodns gefalln wa un sich zwischnzeitlich zwischn Zimmaholz un Schutt, sich lange rumgetrieem hatte un nun schonn so viele Jäachen inne Eade laach. De junge Olsche trocknete easma den Soldaatn mit nem grünen Blättken ap un dann mit ihara feinen Rotzfaahne. Hömma, un dat duftete so töfte, weisse!

Un et wa den Zinnsoldaatn graade so zu Mute, alz oppa aus nea Oohmacht eawachn un nen Engelken seehn wüade.

„Kea, zeich mich ihn domma hea! Ich willin auma seehn tun!" sachte dea junge Seega, lächlte un schüttelte dann mittn Kopp: „Ja nee, dea kannet doch wohl freilich nich sein tun, abba er eainnat mich anne Geschichte mit einem Zinnsoldaatn, den ich ma hatte, alz ich nochn kleena Bengl wa."

Un dann eazählte er seina Ollen dat Döneken vonnem oll Häusken un den altn Mann un vonnem Zinnsoldaatn, deena ihm ma geschänkt hatte, weila ja so entsätzlich allein un einsam wa; un er kwatschte allet ganz genau so, wie et in wiaklichkeit geweesn wa; so dat et dea junge Tussi dat Heazken braach un iha de Tränkes inne Klüüsn traatn, alza übba dat oll Häusken un den aam altn Mann spraach.

„Kea, dat kann donnich mööchlich sein, dat dat deaselbe Zinnsoldaat von dammalz is!" sachte se; „hömma, ich will ihn vawaahn un will an allet Dat gedenkn tun, watte mich eazählt hass; abba dat Grapp det aam altn Mannes musse mich au ma zeign tun!"

„Kea, dat kannich nich! Ich weiss donnich wo et is," antwoatete er. „Un dat weiss Niemand. Denn alle seine Froinde haabm schoon inz Grass gebissn un dat zeitliche geseechnet. Keina fleecht dat Graap un ich wa ja so junk un noch son kleena Stöppke, weisse!"

„O Gott! Wieja wohl entsetzlich allein geweesn sein mag!" sachte se.

„Jau, da kannze ein drauf lassn; entsetzlich allein!" sachte dea Zinnsoldaat; „abba healich isset doch, nich vagessn zu weadn!"

„Healich! Healich!" keifte ne Stimme ganz nahe bei se bei; abba Niemand, aussa dem Zinnsoldaatn, saah, dat diese Stimme von nem Fetzn dea schweinzleedanen Tapeete heakam, dea aunoch doat, ohne Vagoldunk wa.

Hömma, dea Fetzn vonne Tapeete saahn aus, wie klitschnasse Eade, abba ne Ansicht hatta dennoch un se kwatschte er au aus: „Ey, weisse wat? Vagoldunk vageeht, abba Schweinzleeda besteeht!"

Hömma, allein dea Zinnsoldaat glaupte dat abba nich, weisse.

*** ENDE ***

De Schneekönjin

Dat issn Mäachen in siiem Dönekes!

Eastet Döneken: welchet vom Spiegelken un Scheabm handln tut.

Kumma! Nun fangn wa an. Un wenn wa am Ende vonnem Döneken sin, wissn wa meha, alz getz, denn et hat wat mittn böösn Kobolt am tun! Hömma, et wa eina dea allabrääsichstn, denn et wa dea Deibl peasönlich, weisse! Einet Tachs waara recht bei töfta Laune, denn er hatte nen Spiegelken gemacht, welcha de Eignschaft hatte, dat allet Gute un Schööne, wat sich drinne spieglte, fast zu nix zusammschwand, abba Dat, wat nix am taugn wa un sich schlecht ausnahm, dann heavoatraat un noch gaastiga wuade.

Kea, de healichstn Landschaftn saahn wie gebrutschelta Spinaat drinnen aus un de bestn Menschn wuadn widalich oda standn auffm Kopp ohne ihan Rumf, de Visaagn wuadn so vadreeht, datse nich meha zu eakenn waan. Un hatte man ne Sommasprosse inne Fresse, so konnze davon übbazoicht sein, datse sich übban Zinkn un Schnüss vabreitete. Dat wa lollich anzeseehn, sachte dea Deibl; abba fuha nun nen Menschn nen guta un fromma Gedanke duache Biiane, dann zeichte sich nen Grinsn im Spiegelken, sodat dea Deibl übba seine künstliche Eafindunk ins Lachn kam un sich beömmelte.

Alle, welche de Koboltpenne besuuchtn, denn dea Deibl hielt ne Koboltpenne ap, eazäähltn rinkz umhea, dattn Wunda gescheehn sei; nun konnze east seehn tun, meintn se, wie de Menschheit wiaklich is. Hömma, nun liefm se alle mittn Spiegelken umhea un zuletzt gaapz kein Land oda Menschn meha, welcha nich vadreeht darin geweesn wäa.

Illustration: **Thomas Vilhelm Pedersen** 1820 - 1859 (Bild-PD-alt)

Nun wolltn de Kobolde au zum Himmlken hoch flieegn tun, um sich übba de Engelkes un Gott lustich zu machn. Je höha se mittn Spiegelken floogn, umso meha grinzte er; se konntn ihn kaum inne Pootn festhaltn; abba se floogn höha un höha un somit an Gott un den Engelkes imma näha ran; da rapplte dat Spiegelken so füachtalich in sein Grinsn hömma, datta ihnen ausse Flossn fiel un zua Eade stüazte, woha in hunnate von Milljoon, Billjoon un nommeha Stückzkes zeasprank un somit weit größret Unheil un Unglück veauaschte, alz zuvoa; denn einige Stückzkes waan kaum so groß alzn Sandkoan, weisse un diese floogn rinkz umhea duache vadammte weite Welt.

Un wo Jemand son Dingen inne Klüüse bekam, da blieem se am sitzn un da saahn de Menschn allet vakeaht oda hattn nua noch Glupschn füa dat Vakeahte bei nea Sache, vastehsse!? Denn jeede mickrichste Sieglscheabe hatte dieselbm Kräfte behaltn, welche dat ganze Spiegelken hatte, weisse.

109

Einige Menschn bekamen sogaa ne Spieglscheabe inz Heaz un waan dann ganz gräulich hömma un dat Heazken wuade nen Klumpm Eis gleich. Einige Scheabm waan abba so groß, datse zu Fenstascheibm vabaut wuadn; abba duach diese Scheibm tauchte et nich seine Froine zu bekuckn; andre kamen in Brilln un wennse dat Spekulieaeisn auf hattn, ginget den Leutz mies, wennse duachglotztn, um recht zu seehn un gerecht zu sein; hömma, dea Bööse beömmelte sich, dat ihm dea Wampz wacklte un dat killate so angenehm. Abba draußn floogn noch weitere mickrige Glasscheabm inne Luft rum. Nua weadn wa nix meha darübba hööan, weisse.

Zweitet Döneken: übba nen kleen Bengl unna kleen Schickse!

Drinne inne grooßn Stadt, wo mächtich viel Leutz un Häuskes sin, un dat da nich genuch Platz is, dat all de Leutz nen kleen Gaatn besitzn tun, is ja wohl klaa nä; un wo sich de meistn mit Bluum un Bluumpötte begnüügn müssn, waan da zwei aame Blaagn, die nen etwat größren Gaatn in petto hattn, alz nen Bluumpott, vastehsse!?

Hömma, se waan abba nich Brüüdaken un Schwestaken, abba se waan seha gute Froinde, weisse. Hömma, de Eltan vonne beidn Blaagn woohntn einanda genau geegnübba in zwei so Dachkamman, wo dat Dach det einen Nachbaahäusken geegn dat andre stieß un de Wassarinne zwischnne Dächa entlank lief, weisse; doat wa in jeedm Häusken nen kleenet Fenstaken; man brauchte nua übba de Rinne krabbln, so konnze ganz genau voam Fenstaken det andren gelangn tun. Hömma, de Eltan hattn draußn beidaseitz nen grooßn hölzanen Kastn un darinnen wuuksn Küchnkräuta, diese brauchtn unnen kleena Roosnstock; et stant ein jeeda in son Kastn, weisse un se wuuksn healich hearan! Nun fiel den Eltan ein, de Kästn kwea übba de

110

Rinne stelln zu tun, sodatt se fast vonnem ein biss zum andren Fenstak reichten un somit de zwei Bluumwälle ja eingslich töfte ausseehn tun. De Eapsnrankn hingn übba de hölzanen Kästn hearunna un de Roosnstöcke mit ihan langn Zweigzkes schossn inne Höhe, die sich dabei inne Fenstas ranktn un einanda entgeegnboogn. Kea hömma, et saah fast so aus wie ne Eehanfoate von Blättkes un Bluum gleich.

Da de Kästn seha hoch waan un de beidn Blaagn wusstn, datse da nich drübbakriechn duaftn, so eahieltnse oft de Ealaupnis, einanda rauszusteign un auf ihan mickrign Scheemeln unta de Rööskes sitzn zu machn; hömma, da spieltn se dann so prächtich bis et aahmt wuade.

Illustration: **Thomas Vilhelm Pedersen** 1820 - 1859 (Bild-PD-alt)

Hömma, im Winta hatte dat Vagnüügn abba nen Ende, is ja au klaa, woll; wa ja au aaschkalt un glatt draußn, nä. Meistenz waan de Fenstakes oft au ganz zugefroan; abba dann wäamtn se Kupfafennige aufm Oofm an un leechtn de waam Fennige geegn de mit Eisblüümkes gefroanen Scheibm; un daduach entstant nen töfet Kucklöchsken, wo man rausillan konnte.

111

Hömma dat Löchsken wa rund, so rund un et schimmate un blitzte nen lieplich mildet Äugsken hearaus; einet voa jeedm Fenstaken; dat waan dea kleene Bengl un de kleene Schickse. Er hieß Kai un sie hieß Geada. Im Somma konntn se mit nem Sprunk zu einanda gelangn tun, abba im Winta musstn se east de vadammt vieln Treppm runna un de andre Treppe widda rauf, weisse; un draußn toopte meistenz dea Schnee.

„Dat sin de weißn Bienkes, die schwäam tun!" sachte de oll Großmudda.

„Hömma, haabm se au ne Bieenkönjin?" fraachte dea kleene Bengl, denn er wusste, dattet unta de ächtn Bienkes eine soiche Bieenkönjin am geebm tut.

„Hömma, de hammse, weisse!" sachte de oll Großmudda. „Kumma, se fliiecht doat, wose am dichtestn am schwäam sin! Et is de gröößte von alln, mein Bengl un se bleipt nich ruhich un still auffe Eade am sitzn; se fliiecht widda inne schwattn Wölkzkes hinauf. Kumma, un mache Mittanacht fliiechtse au duache Straaßn vonne Stadt un glotzt inne Fenstakes rein un dann frieanse so un seehn wie Blüümkes aus, weisse!"

„Jau, dat habbich schomma geseehn,!" sachtn beide Blaagn un wusstn nun, dat et Waah wa. „

Kann de Schneekönjin hia reinkomm tun?" fraachte de kleene Schickse.

„Lasse nua komm!" antwoatete dea Blengl, „dann setzich se auffm waam Oofm, damitse schmilzn tut."

Abba de Großmudda gläätete ihm seine Fussln am Kopp un eazählte nen andret Döneken. Am Aahmt, alz dea kleene Kay zu Hause halp angeströppt wa, klettate er auffm Stühlken am Fensta un kuckte aussm klein Löchsken; son paar mickrige

Schneeflöckzkes fieln draußn un eine deaselbign, et wa de allagrööße, bliep auffm Rande vonne hölzanen Bluumkiste am liegn; dat Schneeflöckzken wuuks meha un meha un wuade zeletzt nen ganzet Fraunzimma, in feinztn un weißn Flooa gekleidet, dea aus seha viele Milljoon steanaatiga Flöckzkes zusammgesetzt wa. Kea, wat wa se doch schöön un fein hömma, abba se wa aus Eis, von blendendn un blinkndem Eise. Doch wase lebendich; de Klüüsn blitztn, wie klaare Steankes; abba et wa keine Ruhe un Rast in ihnen; se nickte dem Fenstaken zu un winkte mitte Poote. Dea kleene Bengl easchraak un hüppte wacka vom Stühlken runna; da wa et ihm, alz op draußn nen mächtiget Vögelken am Fensta voabeiflooch.

Am näästn Tach wuade et draußn klaara Frost – un nache Zeit kam dat Frühjaah; dea Lorenz schien, dat Grüün krabblte heavoa, de Schwalbm bautn de eastn Nesta, de Fenstakes wuadn geöffnet un de kleen Blaagn saaßn widda zusamm in ihan mickrign Gaatn hoch oohm inne Dachrinne übba alln Stockweakn. De Rööskes fingn im Somma am blüühn un et wa so prachtvoll hömma. Dat kleene Määdken hatte nen Psalm geleant, in welchm au de Rede vom Röösken wa un beie Roosn dachte se an ihare eignen; un se trällate dat Liedken den klein Bengl voa un er trällate mit:

„De Röösken, se blüühn un vaweehn. Wia wean dat Christkindken seehn!"

Un de beidn kleen Blaagn hieltn einanda anne Poote un knuutschtn de Rööskes, blicktn in Gotts heilign Sonnschein hinein un spraachn zu demselbign, alz op dat Jeesuskindk da wää, vastehsse!? Hömma, et waan widda töfte Sommataage, dat Wetta wa sowatt von healich; denn et wa jeedn Tach so schöön draußn beie Roosnstöcke, welche mittm Blüühn nie aufhöaan zu wolltn, weisse. Kay un Geada saaßn un kucktn inz

Bildabüüchsken mitte Viecha un Vögelkes; da wa et, alz de Kiiachnuha graade zwölwe schluuch un dea kleene Kay sachte: „Aua! Et staach mich wat inz Heaz un mia flooch wat inne Glupscha!"

Dat kleene Määdken fiel ihm wacka ummen Halz un kuckte; er blinzlte mitte Klüüsn; un hömma, et wa nix am seehn, datta wat wa, weisse.

„Ich glaup, et is wech!" sachta; abba wech wa et nich. Et wa graadeso einz vonne Glaasköankes, welche vonnem Zaubaspiegelken zeasprungn waan; wia entsinn unz seina doch wohl, nä! Et wa aus dem häßlichn Glaase, welchet allet Gute un Große, wat sich drinnen spiegeln taat, mickrich un häßlich machte; abba dat Bööse un Schlechte oantlich in Eascheinunk traat un jeeda Feehla an sonna Sache wa gleich zu bemeakn. Dea aame Kay hatte graade au son paa Köankes in sein kleenet Heazken rein bekomm. Kea, dat wiad nu au bald zu nem Eisklumpm weadn tun. Nun tat et ihm au nich meha weh, abba dat Köanken wa imma noch da, weisse.

„Wat bisse am plääan dranne?" fraachta de Geada. „So siehsse häßlich aus! Mia fehlt donnix! Pfui!" riefa auf eima; „dat Röösken doat hattn Wuamstich! Un kumma, die da is ganz krumm un schief! Im Grunde sin et häßliche Röösken! Se gleichn dem Kastn, in welchn se stehn tun!" un dann traata mittn Flunkn geegn den Kastn un riß de Rööskes ap.

„Kea Kay! Watt bisse am tun dranne?" keifte de kleene Geada; un alza iha Schreck gewaah wuade, rissa nommeha Rööskes ap un hüppte dann in sein Fenstaken rein un vonne kleen, lieplichn Geada foat. Wennse dann späta mittn Bildabüüchsken zu ihm kam, sachta, dat dat wat füa Wicklblaagn wäa; oda eazäählte de Großmudda ma widda Dönekes un Määchen, so kama imma mit nem „abba" an; - konnta dazu gelangn, dann

114

ginga hinta iha hea un setzte nen Spekulieaeisn auf un kwatschte eehmso, wie dat kleene Mädken; hömma, dat machte er ganz gut, weisse un de Leutz beömmeltn sich übba ihn, wieja se nachaahmte. Bald konnte er de ganzn Menschn ausse Stadt nachplappan un nachaahm. Abba allet, wat an ihnen eigntüümlich un unschöön wa, dat wusste Kay nachzemachn; un de Leutz sachtn:

„Dat is bestimmt nen gewitzta Kopp, den dea Bengl hat!"

Abba et wa dat Glaas, dat ihm inne Klüüse gekomm wa, dat Köanken Glaas, welchet ihm im Heazken saaß, dahea kam et au, datta au de kleene Geada neckte, die ihm imma von ganzm Heazn gut wa, weisse. Seine Spiele wuadn nun ganz annas, ganz annas alz früha hömma; se waan so unvaständich. An nem Wintatach, alz et draußn am schnein dranne wa, kama mit nem grooßn Brennglaas, hielt sein blaun Rockzippl raus un ließ de Schneeflöckzkes drauffalln.

„Kumma in dat Glaas Geada!" sachta un jeedet Schnee-flöckzken wuade viel größa un saah aus wie nen prächtiget Blüümken oda wien zehneckiga Stean; Hömma, et wa wiaklich töfte anzeseehn.

„Siehsse, wiese doch künztlich sin" sachte Kay. „Dat is weitaus intressanta, alz de olln wiaklichn Blüümkes, wonnich! Un et is nich ein Feehla dranne; se sin alle akkuraat, wennse nua nich schmelzn wüadn!"

Bald darauf kam Kay mit mächtign Handschn un sein Schlittn auffm Buckl un rief Geada voll inne Ooan, datta de Ealaupnis bekomm hätte, auffm grooßn Platz mittn Schlittn zu faahn un mitte Blaagn zu spieln un machte sich wacka vom Acka. Doat auffm grooßn Platz bandn de keckztn Göan oft ihare Schlittn anne Karrn vonne Bauan fest un fuahn nen gutet Stückzken det

Weechs mit. Hömma, dat gink recht gut, weisse. Alze abba im bestn Spieln waan, kam nen mächtiga Schlittn det Weechs; dea wa ganz in Weiß angepinselt un drinne saaß Jemand, innem weissn rauhn Pelz eingehüllt un mit nea weissn rauhn Mütze auffm Kopp; dea Schlittn fuha zweima ummen Platz hearum un Kay knöppte sein klein Schlittn wacka dranne fest un fuha mit. Hömma, et ging flotta un flotta, graade inne andre Straaße rein. De Peasoon, die den weißn Schlittn fuha, drehte sich um, nickte Kay freudlich zu un et wa so, opse einanda kanntn, weisse. Jeedet ma wenn Kay sein Schlittn losbindn wollte, nickte dea Fahrende auffm Bock Kay zu un dann bliep Kay am sitzn; un se fuhan dann zum Stadttoa hinaus.

Da begann dea Schnee so heftich am zu falln, dat dea kleene Bengl seine Flossn voare Klüüsn nich meha seehn konnte; abba er fuha weita, imma weita. Nun ließa wacka dat Seil los, um vonnem grooßn Schlittn zu komm, abba dat nutzte nix, sein kleenet Fuhaweak hink einfach dranne fest, vastehsse un et ging mit Windeseile voawäatz voaran. Da riefa ganz laut un keifte watta konnte, abba et höaate ihn keine Sau un dea Schnee toopte weita un dea Schlittn flooch von dannen; mitunta gaabet nen Sprunk; et wa so, alz oppa übba Grääbm un Heckn hüppte. Dea Bengl wa ganz easchrockn; er wollte sein Vattaunsa beetn, abba konnte sich nua an dat Ein-Ma-Einz entsinn. De Schneeflöckzkes wuadn gröößa un gröößa; zuletzt saahnnse aus wie mächtich weiße Hüühna; auf eima hielt dea grooße Schlittn an un dea Seega, dea ihn fuha, eahoop sich; dea Pelz dea Mütze wa ganz un gaa vom Schnee bedeckt; et wa keine Seega, et wa ne Olsche, se wa schlackzich abba schnieke un gänzent weiß vom anseehn; hömma, weisse wat? et wa de Scheekönjin peasönlich, die da innem Schlittn fuha un sich Kay krallte, weisse.

116

Illustration: **Thomas Vilhelm Pedersen** 1820 - 1859 (Bild-PD-alt)

„Kea, simma nich töfte gefaahn!" sachte se; „abba wea wiad denn getz friiean tun! Komma bei mich bei un kriech in mein Bääanpelz!"

Dann setztese ihn neehm sich innen grooßn weißn Schlittn un schluuch den Pelz übba ihn; et wa so, alz vasdinke er innem Schneetreibm.

„Samma, frieatet Dich noch?" fraachte se un gaap ihn nen fettn Knuutscha auffe Stian.

Oh! Dea wa ja viel kälta, alz dat Eis; dat gink ihn graade biss in sein Heazken hinein, welchet gleich zua Hälfte nen Eisklumpm wa; et wa graade so, alz oppa krepiean wüade; abba nua füan Aungblick, dann tat et ihm recht wohl; abba er spüate de Kälte rinkz umhea nich meha.

„Mein Schlittn! Hömma, vagiss nich mein kleen Schlittn nich!" sachta, denn daran dachta zueast un dea wuade an einz von ihare weissn Hüühnkes festgebundn un dat flooch dann mittn Schlittn auffm Rückn den beidn hintahea. De Schneekönjin knuutschte Kay nomma auffe Stian un da hatte er de kleene Geada un de Grooßmudda un Alle daheim vagessn.

„So getz is Schicht im Schacht mit Knuutschn, denn sonz knuutsch ich dich tot, weisse!" sachte se un Kay bekam keine Schmatzas meha.

Kay saah se ganz vadutzt an; se wa so schniecke un schöön; nen klüügret Antlitz konnta sich au nich denkn tun; nun easchien se ihn nich von Eis, wie dammalz, alze draußn voam Fenstaken saaß un ihm zuwinkte. In seinen Klüüsn wa se einfach volkomm; er fühlte sich wohl, hatte weeda Fuacht noch Muffmsausn. Er vatellte iha, datta Kopprechnen könne un zwaa mit Brüchn; er wisse det Ruhapottz seine Kwadraatkilomeeta un de komplette Einwoohnazahol un se lächlte imma nua.

Da kam et ihm voa, alz wäa et donnich genuch, watta inne Biane un auffm Kastn hätte; un er kuckte hinauf innen grooßn Luftraum; un se flooch mit ihm, flooch hoch hinauf auffe schwatte Wolke un dea Stuam sauste un brauste; et wa ihm, alz trällate er Lieda. Se floogn weita übba Beage, Halden un Seen, übba dat ganze Ruhagebiet, übba Meere un Lända; unta ihnen sauste dea eisich kalte Wind, de Wölfe heultn, dea Schnee knistate; übba selbign floogn schwatte schreinde Kräähn; abba hoch oohm schien ihnen dea Vollmond von Wanne-Eickl so mächtich grooß un klaa.

Hömma un ganau doat oohm betrachtete Kay de lange, lange Weihnacht un hatte abba kein Heimweh un am Taage knackte er zure Maukn dea Schneekönjin un pennte still un ruhich, alz op nix wäa, weisse.

118

Drittet Döneken: dea Bluumgaatn vonne Olle, welcha zauban konnte

Abba wie ginget dea kleen Geada, alz Kay zurückkeahte? Wo waara nua geblieem? - Niemand wusste et, Niemand wusste bescheit woha wa, weisse, Niemand konnet wat dazu saagn. De Bengels eazähltn nua, datse ihn saahn, alza sein Schlittn annem mächtich grooßn, weißn festknüppte, dea dann inne Straaße reinsausste un aussm Stadttoa rausgefaahn wäa. Kea, Niemand wusste wo Kay wa; viele Tränkes sin geflossn; de kleene Geada plääate den ganzn Tach; se heulte sich fast de Klüüsn aus; dann sachtn se, er sei tot un inne Köttlbecke easoffm, die nahe am Rhein-Heane-Kanaal voabeifloss; oh, dat waan recht lange un finstre Wintataage. Nun kam dea Frühlink mit waam Sonnschein un Geada machte sich'n Kopp.

„Kay is apgenipplt, einfach tot un foat!" sachte Geada.

„Nee, dat tu ich nich glaubm!" antwoatete dea Sonnschein.

„Er ist tot un foat!" sachte Geada zu de Schwalbm.

„Nee, nee! Dat tunwa nich glaubm!" antwoatetn de Schwalbm un am Ende det Taages glaupte et de kleene Geada auch.

„Ich willma mein neun rootn Treetas anströppm," sachte se einet Moangs, dat sin die, die welche Kay nonnich geseehn hatte un will zum Kanaal runna un zua Köttlbecke laatschn un se nachm Kay fraagn machn!"

Hömma, et wa ganz früh am Moagn, alze sich auffe Sockn machte; se knuutschte de oll Grooßmudda, die noch am penn wa, zooch sich de rootn Schüühkes an un laatschte allein aussm Stadttoa, Richtunk Kanaal un Köttlbecke hinaus; se machte sich imma nochn Kopp un dachte nua annem kleen Kay.

Un spraach mit ihnen:

119

„Samma Kanaal, isset waah, dat Kay hia easoffm is?"

„Kea nee, issa nich! Hömma, fraach domma de olle Becke neehman," antwoatete dea Kanaal un schickte se weita.

„Hömma, isset waah, datte dich mein Spielkameraat un Froind genomm hass!" fraachte se de Köttlbecke, (zu die man im Ruhapott au Emscha sachte), weisse. „Ich will dich au meine rootn Schüühkes schänkn, wennze ihn mich widdagippz!"

Un et wa iha, alz nicktn de Welln so sondabaa auffe Emscha; da nahmse ihare rootn Treetas, diese am liepztn hatte un schmisse alle beide inne Fluutn; abba se fiehln dicht anz Uufa un de klein Welln truugn se iha widda anz Land; et wa graade, alz wollte de Emsche da Schüühkes nich; se wollte nich dat Liepzte, watse hatte, vastehsse!? Nich, weila den kleen Kay nich hatte; abba se glaupte nun, datse de Treeta nich weit genuch rausgepfeffat habe; un so krochse in nem Boot, welchet zufällich da im Grüünzoich angebundn laach un klettate zum äußastm Ende detselbm un schmiss de Treeta eaneut inne Fluutn. Abba dat Böötken wa nich richtich festgemacht un vonne Bewegunk von iha, welche se vauasachte, glitt et vom Lande ap. Geada bemeakze et un beeilte sich, davon wacka runnazukomm; doch ehe se sich vasaah, wa dat Böötken schon einige Welln weit vom Lande wech un triep von dannen.

Da easchraak de kleene Geada un bekam Muffmsausn, se fink am heuln un keina aussa de Spealinge höaate se, abba se konntn se nich an Land traagn; abba se floogn weita länkz am Uufa entlank un zwitschatn, gleichsam um Geada trööstn zu tun: „Hia simma, hia simma!" sangn se.

Dat Böötken triep mittm Stroome un de kleene Geada saaß ganz stikkum drinnen, nua mitte Sockn anne Maukn un de roootn Schüükes triebm hinta iha hea; abba se konntn dat

Böötken nich eareichn, weisse. Dat hatte recht schmackes drauf un wa schnella alz de Treeta. Hömma, abba schnukkelich wa et anne beidn Uufas; töfte Blüümkes, oll Bäumkes un Haldn Aphänge mit Schaafm un Küühn; abba kein Mensch wa am seehn. „Villeicht träächt mich de olle Emscha ja zum kleen Kay," dachte Geada un da wuade se widda heita un lollich, eahoop sich un bekuckte viele Stündkes de grüün, schöön Uufa; dann gelankte se zu nem mächtign Gaatn, dea volla Kiiaschn un darinnen nen kleina Kabachl am stehn wa.

Dat mickrige Häusken wa mit sondabaan rootn un blaun Fenstakes un hatte üübrigenz nen Strohdach un draußn waan zwei hölzane Soldaatn am stehn, die de Voabeiseegelnde Geada, dat Geweha schultatn. Geada rief nach ihnen; denn se glaupte, datse lebendich sein; abba se antwoatetn iha nich. Se kam ihnen ganz nahe, de Emscha triep dat Bötken graade aufs Land zu. Da keifte de Geada noch lauta unne oll Matka kam aussm Kabachl, die sich auffm Krückmann stützte; se hatte nen mächtich grooßn Sonnhut am Kopp un dea wa mitte schöönztn Blüümkes bemaalt.

„Och, du aamet, kleenet Määdken!" sachte de oll Matka; „samma, wie bisse denn auffe grooße, reißende Köttlbecke gekomm un so weit inne vadammte Welt rausgerieem woadn?"

Un dann gink de oll Matka ganz inz Wassa hinein un holte dat Böötken mit ihan Krückmann ran anz Land un hoop de kleene Geada hinaus. Geada wa froh, widda auffm Trocknen zu gelangn, opgleich se sich voa dea fremdn olln Matka son wenich füachtete, weisse.

„Komma ganz wacka bei mich bei un vatell mich ma, wea de biss un von wo de wech kommz un watte allein auffm Böötken machs, meine Kleene!" sachte de oll Matka.

121

Un Geada fink am kwassln an un vatellte dea olln Matka allet. De Matka schüttlte ihan Kopp un sachte nua: „Hm! Hm!" Un alz Geada allet gesacht un gefraacht hatte, opse den kleen Kay nich geseehn habe, antwoatete de Matka, datta nich voabeigekomm sei; abba er komme wohl noch, se solle nua nich bedröpplt sein, sondann ihare töftn Kiiaschn kostn un ihare Blüümkes bekuckn; denn se wään schööna, alz iangsein Bildabüüchsken; eine jeede könnte nen Döneken vatelln. Dann nahmse Geada beie Poote un laatschte mit iha innnen kleen Kabachl hinein un de oll Matka schloss de Tüa zu.

De Fenstakes laagn seha hoch un de Scheibm waan root, blau un gelp; dat Taageslicht schien mit alln Faabm so sondabaa rein, abba aufm Tischken standn de schöönztn Kiiaschn un Geada futtate davon, se haute sich sonne Menge inne Muhle, bisse kein Bock meha drauf hatte. Wäarent se spachtelte, kämmte de oll Matka iha Haa mit nem goldnem Kamm un dat Häachen ringlte sich un glänzte so healich, rinks um dat kleene, froidliche Antlitz, welchet so rund wa un wie ne Roose aussah.

„Kea, nach son liem kleen Määdken habbich mich schonn lange geseehnt," sachte de Olle. „Nun wiasse ja seehn tun, wie töfte wia mittenanda leehm weadn; dat wiad unz richtich Spässken machn."

Un wiese dea kleen Geada de Fussln am Kopp kämmte, vagaaß de kleene Geada meha un meha ihan Fleegebruuda Kay; denn de oll Matka konnte zauban, weisse; abba ne bööse Zaubarin waase nich; se zaubate nua ein wenich zu iham Vagnüügn un wollte de kleene Geada behaltn tun, vastehsse!? Deshalp gingse in ihan Gaatn, streckte den Krückmann geegn de Roosnsträucha aus un wie schöön se au blüühtn, so sankn se doch alle inne schwatte Eade runna un man konnte au nich seehn tun, wose voahea gestandn hattn.

Denn de Olle füachtete, wenn Geada de Roosn eablickn wüade, könntze an ihare eignen denkn machn, sich dann det kleen Kay entsinn, wacka de Biege machn un aphaun. Nun füahte se Geada hinaus innen Bluumgaatn; kea, wat duftete et da töfte hömma. Alle nua denkbaan Blüümkes un zwaa von jeeda Jaahretzeit, standn hia prächtich im Saft; kein Bildabüüchsken konnte son Floa bunta daastelln tun un schööna sein. Geada hüppte voa Froidn hoch un spielte, biss dea Lorenz untagink un hinta de hohn Kiiaschbäumkes vaschwant; da bekamse ne töfte Poofe zum penn; inne Fuazmolle waan roote Seidnkissn, se waan mit buntn Veilchen gestoppt un se ratzte daduach so tief un hatte healich, töfte Träumkes, wie nua ne Könjin an ihan Hochzeitztaage haabm tut. Am näästn Tach konnte se dann au widda mitte Blüümkes im waam Sonnschein spieln machn un so vaflossn viele Taage. Hömma, Geada kannte nache Zeit alle Büümkes im Gaatn; abba so viel deera au waan, so wa et iha doch, alz op eine felht, abba welche, dat wusstese nich, weisse.

Hömma, einet Tachs sitzt se da un bekuckt de oll Matka ihan Sonnhüütken mitte gemaaltn Blüümkes drauf un graade de schöönzte darunta, wa ne Roose. De Olle hatte nämlich vagessn, diese vom Hüütken wechzumachn, alze de andren inne Eade vasenkte. Abba so isset, wennse de Gedankn nich imma beisamm hat!

„Wat is dattn!? sin hia keine Röösken?" sachte Geada un sprank zwischn de Beete, suuchte un suuchte, abba fant keine. Da setzte se sich hin un fink am heuln, abba ihare Tränkes fieln graade genau auffe Stelle, wo dea Roosnstrauch vasenkt wa un alz de waam Tränkes de Eade bewässatn, schoß dea Strauch auf eima empoa, so blüühnt, wieja vasunkn wa un Geada umaamte ihn, knuutschte de Röösken un gedachte dea healichn Rööskes daheim un au widda annem kleen Kay, vastehsse!?

123

„Oh nee! wie binnich nua aufgehaltn woadn!" sachte dat keene Määdken. „Ich wollte doch den kleen Kay suuchn machn! Hömma, wissta woa is?" fraachtese de Röösken. „Glaupta etwa er is tot?"

„Nee, tot issa bestimmt nich!" antwoatetn de Röösken. „Wia sin ja inne Eade geweesn; doat sin alle Tootn, abba dea kleene Kay wa nich da."

„Hömma ich dank Euch heazlich!" sachte Geada un gink zure andren Blüümkes hin, glotzte innen Kelch hinein un sachte:

„Kea hömma, wissta villeicht, wo dea kleene Kay am sein is?"

Abba jeedet Blüümken, wat da innem Lorenz stant, träumte iha eignet Mäachen oda Döneken; davon höaate Geada so viele; abba keine wusste wo Kay apgeblieem wa. Hömma un wat sachte eingslich de Feujalilie?

„Hömma, höaaste de Tromml: bum! bum! Et sin nua zwei Töne; imma bum! bum! Höaasse dea Fraun Trauagesank un höaasse den Ruf det Pfaffm. In ihan langn rootn Mäntlken steht dat Hinduweip auffm Scheitahaufm; de Flamm loodan un sie un ihan tootn Keal empoa; abba dat Hinduweip denkt anne Leebenden hia im Kreise, an ihn, dessn Klüüsn heißa denn den Flamm brenn tun; an ihn, dessn Klüüsnfeuja iha Heazken stäaka berühat, alz de Flamm, welche bald iha Leip zu Asche vabrenn tun. Kann de Flamme det Heazens inne Flamme det Scheitahaufms steabm?"

„Kea, dat vasteh ma eina, ich kannet nich!" sachte Geada.

„Dat is mein Mäachen!" sachte de Feujalilie. Un wat sachtn de Winde?

„Übba den schmaaln Feldweech hinaus steht ne oll Rittabuach; dat dichte Immagrüün wäkst umme olln rootn Mauan empoa;

Blättken an Blättken, um den Altan hearum un da steht nen schniekes Määdken; se beucht sich übbat Gelända hinaus un kuckt den Weech hinunta. Kein Röösken hänkt frischa anne Zweigskes, wiese selpz; keine Applblüüte, au wennse dea Wind dem Bäumken enfüahn tut, schweept leichta dahin, alz wiese selpz; wie rauscht dat prächtige Seidngewant. Kea, kommta denn nonnich?"

„Samma, isset dea kleene Kay deene meinz?" fraachte Geada.

„Ich kwatsch nua meine eignen Määchen, in meine Träumkes," sachtn de Winde. Un wat sacht dat kleene Schneeblüümken dazu?

„Ich samma so; zwischnde Bäumkes hängt an Seiln son langet Brett; dat is ne Schaukl, weisse; zwei schnukklich kleene Määdkes, ihra Fumml sin weiß, wie dea Schnee; un lange grüüne Seidnbändkes flattan anne Hüütkes, hockn da un schaukln. Dea Bruuda, welcha größa is, alz se, steht inne Schaukl un hat dat Seil um sein Aam geschlungn, um sich haltn zu machn, denn inne Poote hatta ne kleine Schaale un inne andren Flosse ne Tonpfeife; er bläst Seifmblääskes; de Schaukl geht un de Blääskes flieegn mit töftn, wekselden Faabm. Hömma, de letzte hänkt noch am Pfeifmstiel un biecht sich im Winde, vastehsse. De Schaukl geht; dea kleene schwatte Kööta, leicht wie de Blääskes, eaheept sich auffe Hintaläufe un will mit auffe Schaukl; se fliecht; de Töle fällt, is am kläffm dranne un wiad böse; er wiad geneckt, de Blääskes gehn im aasch. - Nen schaukelndet Brett, nen zeasprungnet Schaumbildken is mein Gesank, weisse."

„Hömma, et is ja hüpsch un schnukkelich watte da sachs, abba du sachset so bedröpplt un eawäähnz den kleen Kay gaanich in dein Döneken." sachte de kleene Geada. Un wat kwatschtn de Hüjazintn wohl? dachte se.

125

„Pass ma auf meine Kleene," fingn de Hüjazintn an, „Et waan drei schieke Schwestan, so duachsichtich un fein; dea Einen iha Fumml wa root, dea Andren blau un dea Drittn ganz weiß; Flosse in Flosse schwooftn se beim stilln See, im helln Mondnschein. Et waan keine Elfm hömma, et waan Menschnblaagn. Doat duftete et so healich un süß un de Göan vaschwandn im Walde; dea Duft wuade stäaka; drei Säage, drinne laagn de drei schöön Määdkes un glittn von det Waldes Dickicht übban See dahin; de vieln Johanneswüamkes floogn leuchtend rinkz umhea, wie kleine schweebende Funzln. Ratzn de schwoofendn Määdkes oda sin se tot? Dea Bluumduft sacht, et sin Leichn; dat Aahmtglöckzken läutet den Graapgesank!"

„Kea, du machs mich ganz kirre," sachte de kleene Geada. Du duftes so staak: ich muss anne tootn Määdkes denkn tun! Ach kea, issn dea kleene Kay wiaklich tot? De Rööskes sin unta de Eade geweesn un sachtn: „Nee!" „Kling, Klang!" läuteten de Hüjazintnglöckzkes. „Wia läutn nich füan kleen Kay, wia kenn ihn ja gaanich, wia trällan nua unsa Liedken, dat einzige, welchet wia trällan könn."

Geada laatschte zum Buttablüümken hin, dat aus glänznden, grüün Blättan heavoaschien un fruuch se, opse de kleene helle Sonne wäa un opse helfm könnte ihan Spielgefäahtn findn zu könn. Dat Buttablüümken glänzte so töfte un kuckte widda auf Geada. Samma, welchet Liedken könnte wohl dat Buttablüümken singn tun? Et handelta abba aunich von Kay, weisse.

„In son kleinen Hoofe schien dea liebe Lorenz am eastn Frülinkztach so waam; un de Strahln glittn an det Nachbaashäuskes weiße Wände runna; dicht dabei wuuks dat easte gelbe Blüümken un glänzte goldn inne waam Sonnstraahln. De oll Großmudda saaß draußn in ihan Schauklstühlken, de Enklin, nen aamet, schnieket Dienztmäädken, keahte von ihan Besuche

126

heim; se knuutschte de Großmudda; et wa Gold, Heazenzgold in den geseechnetn Knuutscha. Gold im Munde, Gold im Grunde, Gold inne Moangstunde! Kumma, dat is mein kleenet Döneken!" sachte dat Buttablüümken.

„Ach ja! Mein aamet Großmüttaken!" seufzte Geada. „Kea, se seehnt sich gewiß nach mia un gräämt sich um mich, eehmtso wie ich et um Kay machn tu. Abba ich komm ja bald widda heim un dann bringich Kay mit! Et nützt ja nix, wennich de Blüümkes fraach, se wissn nua iha eignet Liedken un geebm mich kein Bescheit!"

Dann bandse ihan Fumml offm, damitse wackara wetzn konnte, abba de Pfinkztlilje schluuch iha übba Flunkn, indemse drübba hüppte; da bliepse am stehn, glotzte dat gelbe Blüümken inne Fresse un fraachte:

„Hömma, samma, weisse villeicht wat?" un bückte sich zua Pfinkztlilje hinap; un wat sachte dat dusslige Blüümken: Weisse wat? Ich kan mich selpz bekuckn!

„Ich kann mich selpz beglotzn!" sachte de Pfinkztlilje. „Oh, wat ich töfte am duftn bin! Oohm im klein Eakakabüffken steht halp angeströppt, ne kleene Tänzarin; se steht bald auf ein Flunkn, bald auf beide, se tritt de ganze Welt mitte Kwantn; se is nix alz Klüüsnwischarei. Se gießt Wassa aussm Teepott auffm Stückzken Zoich aus, watse hält; et is dea Schnüaleip. Hömma, Reinlichkeit is ne töfte Sache! Dea weiße Fumml hänkt am Haakn; dat is au im Teepott gewaschn un auffm Dach getrocknet; se ströppt et an un schläächt dat safrangelbe Tüüchsken ummen Halz; nun scheint dat Kleidken noch weißa. De Porreepiepe ausgestreckt! Kumma, wiese auf ein Stiele prankt! Ich kan mich selpz beglotzn! Ich kann mich selpz bekuckn!"

„Dat geht mich am Aasch voabei, darum kümma ich mich nich! Dat brausse mich nich am eazäähln tun!" sachte Geada un lief zum Ende det Gaatens.

De Tüare wa vaschlossn, abba se drückte de varostete Klinke, so datse losgink; de Tüare sprank offm un de kleene Geada wetzte wacka auf nackige Kwantn inne weite Welt hinaus. Se kuckte dreima zurück, abba keine Sau vafolchte se; zuletzt konnte se nich meha feckln un setzte sich auf nen mächtign Wackamann; un alze sich umkuckte, wa et mittn Somma essich hömma un et wa Späätheapzt gewoadn. Dat konnte se innem töftn Gaatn nich bemeakn, denn da wa imma Sonnschein un alle Blüümkes alla Jaahretzeitn waan am blüühn dranne.

„Um Gotteswilln, wie habbich mich vaspäätet!" sachte se. „Et is ja Heapzt gewoadn! Da daaf ich nich ausruuhn machn!"

Se eahop sich um zu gehn. Oh, wat waan de kleen Kwantn so müüde un wund! Rinkz umhea saah et kalt un rauh aus; de langn Weidnblättkes waan ganz gelp un dea Tau dröpplte alz Wassatroppm hearap; son Blättken fiel nachm andren ap; nua dea Schleehndoan truuch noch Früchte hömma. Se waan heabe un zoogn de Schnüss zusamm. Oh, wie wa et doch grau un schwea inne weite Welt hömma !

Vieatet Döneken: Prinz un Prenzessin

Geada musste sich widda ausruhn machn, da hüppte doat auffm Schnee, anne Stelle, wose saaß, graade geegnübba, ne große Krähe; se hatte doat lange gehockt un se bekuckt un mittn Kopp gewacklt; nun sachte se:

„Kra! Kra! Guutn Tach! Guutn Tach!" Bessa konnte se et nich rausbringn tun, abba se meinte et gut mitte kleen Geada un

128

fraachte wohinse so allein inne weite Welt hinauslaatschte! Dat Woat allein vastant Geada seha wohl un fühlte recht, wie viel darin laach; se eazählte dea Krähe iha ganzet Leehm un Schicksal un fraachte, opse Kay nich geseehn hätte. De Krähe nickte ganz bedächtich un sachte:

„Dat könnte wohl sein! Jau, dat könnte sein!"

„Kea, eahlich? Glaupsse wiaklich?" rief dat kleene Määdken un hatte de Krähe fast totgedrückt; so knuutschte se se un wa glückzlich im Heazn.

„Vanümpftich, vanümpftich!" sachte de Krähe. „Ich glaup, ich weiß; ich glaube ich weisset; et kann sein tun, dattich den kleen Kay geseehn happ; abba ich glaup, nun hatta Dich sicha übba de Prenzessin vagessn, weisse!"

„Samma, wohnta etwa beina Prenzessin`" fraachte Geada.

„Ja hömma!" sachte de Krähe, „abba et fällt mich so schwea, Deine Spraache zu kwatschn. Vastehsse de Kräähnspraache? Dann willich dich allet bessa vatelln tun!"

„Nee, de kennich nich un hapse aunich geleant," sachte Geada; „abba de Großmudda kannte se un au kwatschn konnte se se auch. Kea, hättich früha bessa aufgepasst un se geleant!"

„Macht nix!" sachte de Krähe, „ich weade dia allet so gut eazäähln wie ich et kann; abba schlecht wiad et wohl gehn tun! Un dann kwasselte de Krähe drauf los. „In dat Könichreich, in dat wa getz sitzn tun, wohnt ne Prenzessin; hömma, se is unheimlich kluuch; abba se hat au alle Rewolwablätta, die et inne Welt geebm tut, geleesn un widda vagessn, so kluuch isse, weisse. Neulich saaß se aufffm Throne un dat is nich so angenehm, sacht man; da fingse ein Liedken an zu trällan un et wa geraade dieset; ""Weshalp sollt ich mich nich vaheiraatn!""

Hööare, da is wat dran, sachte se un so wollte se sich vaheiraatn; abba se wollte nen Seega haabm, dea zu antwoatn vastant, wenn man mit ihm kwatschte, weisse. Sonnen Keal, dea nich einfach nua so dastant un voanehm aussah, denn dat isso langweilig, vastehsse!? Nun ließse alle Hoofdaam zusammtrommln un alze haate, watse wollte, wuadn se vagnüücht. ""Dat möögn wa leidn tun!"" sachtn se un ""dranne dachtn wa au schonn!"" - Du kannz glaubm, dat jeedet Woat, wattich dich sach, waah sein tut!" sachte de Krähe. „Ich happ ne zaahme Gelieepte, se laatscht im Schlössken umhea un se hat mia allet vatellt, wat da Ambach is!"

Hömma, de Gelieepte wa natüalich au ne Krähe, weisse. Denn ne Krähe suucht de andre un et bleipt imma ne Krähe.

„Hömma, un de Kääseblätta kamen sofoat mit nem Rande von Heazn un dea Prenzessin ihan Naahmszuch hearaus; man konnte drinne schmöökan, dattet ein jeedn jung Seega, dea töfte aussehn tut un Bock habe, aufs Schlössken komm zu tun un mitte jung Prenzessin zu kwatschn; un deajeenige, welcha quassle, dat man höaan könne, er sei doat zu Hause un dea am bestn sprääche, den wolle de Prenzessin zum Manne nehm," sachte de Krähe. „Hömma, dat kannze mich ruhich glaubm machn; et isso, wie et is, et is gewiß so waah, wie ich hia am sitzn bin, weisse. De Leutz ströömtn in Schaan un et waan Gedränge un Geschuppe; abba et glückte nich, weeda dem eastn, noch den zweitn Tach. Se konntn Alle gut kwatschn, wennse draussn auffe Straaße waan, abba wennse duachs Schloßtöaken heareintraatn un de Gaadistn in Silba saahn un de Treppe rauf de Lakain in Gold un de mächtich ealeutetn Sääle saahn, wuadn se vawiiat. Un standn se dann gaa voam Throhne, wo de Prenzessin saaß; dann wusstn se nix am saagn, alz nua dat letzte Woat, wat de Prenzessin von sich gaap, un um dat nomma zu höaan, hattese kein Bock, vastehsse!?

Et wa graade, alz op de Leutz ne Priese Schnupptabak vaschluckt un ihnen de Spraache vaschlaagn hätte, abba alze widda auffe Straaße waan konntn se kwatschn wie Elke Heidnreich am Fenstaken. Hömma, et stant da noch ne lange Reihe an Keale, vom Stadttoare biss zum Schlössken hin; ich selpz wa dabei, um et seehn zu machn," sachte de Krähe. „De Leutz doat wuadn duastich un hattn Kohldampf, abba auffm Schlössken eahieltn se nonimma nen Glääsken Kraanebeaga. Zwaa hattn einige ne Knifte oda nen Dubbl dabei, abba se teiltn nich mittn Nachbaa, weisse; se dachtn so: Lassin nua hungrich auseehn, dann nimmt de Prenzessin ihn nich!"

„Abba Kay, dea kleene Kay, wat issn getz mit ihm!" fraachte de kleene Geada. „Wa dea unta de Menge dabei? Un wann kaama denn zua Prenzessin?"

„Waate, waate! Getz simma graade bei ihm! Hömma, et wa am drittn Tach, da kam ne kleene Peason, ohne Zosse un Waagn, ganz fröhlich mittn Liedken auffe Lippm zum Schlössken gelaatscht; seine Klüüsn gläntztn, wie deine; er hatte töftet langet Haa, abba sonz nua äamliche Klamottn am Leip!"

„Jau, dat wa Kay!" juubelte Geada. „Oh, dann habbich ihn ja gefundn!" un se klatschte voa Froide inne Pootn.

„Hömma, er hatte nen klein Ranzn auffm Buckl!" sachte de Krähe.

„Kea nee, dat wa bestimmt sein Schlittn hömma!" sachte Geada; „denn mit dem issa foat!"

„Weisse, dat könnte wohl sein," sachte de Krähe; „denn ich happ nich so genau drauf gekuckt! Abba dat getz, weissich von meina zaahmen Gelieptn; alza inz Schlosstoa kam un de Leipgaadistn in Silba saah un de Treppe hinauf de Lakain in

131

Gold eablickte un nonimma valeegn wuade, nickte er un sachte zu ihnen:

„Samma! Musset dennich langweilich sein, hia auffe Treppe stehn zu müssn; ich geh lieba hinein!"

Da gläntztn de Sääle von Funzln so hell; Geheimrääte un Ekkselenzn gingn auf nacktnn Maukn un truugn goldne Gefääße; man konnte andächtich weadn! Seine Stiefls knaatn laut, abba dat juckte ihn nich de Bohne!"

„Kea hömma, dat is ganz gewiß Kay!" sachte Geada. „Ich weisset, denn er hatte neuje weiße Stiefelkes an; ich hapse au beie Großmudda inne Stuube knaan gehöat, alza damit gelaatscht is!"

„Jepp, un wiese knaatn hömma!" sachte de Krähe. „Un mit Schuhwikse waan se au pollieat, alza so frischn Mutes zua Prenzessin hingink, die auffa grooßn Peale, welche so groß wien Spinnrat, am sitzn wa. Alle Hoofdaam mit ihan Junkfan un de Junkfan dea Junkfan un alle Kawalieare mit ihan Dienan un den Dienan dea Diena, die widdarum Buaschn hieltn, standn rinkz hearum aufgestellt; un je näha se dea Tüare am stehn waan, desto stolza saahn se aus. Hömma, det Dienas Diena Buaschn, dea in Puuschn geht, daaf man kaum anzuglotzn waagn, so stolz stehta inne Tüare!"

„Kea, dat muss ja grausich sein!" sachte de kleene Geada. „Un Kay, hatta denn getz de schnukklige Prenzessin gekricht, oda wat?"

„Weisse wat? wäa ich nich ne Krähe geweesn, so hätt ich se genomm un dat ungeachtet, dat ich valoopt bin, vastehsse!? Er soll ebent so gut gequasselt haabm, wie ich laaban tu, wennich de Kräähnspraache kwatsch; dat habbich von meina zaahmen Gelieptn gehöat. Er wa fröhlich un niedlich; er wa ganz un

132

gaanich zum Weiba apschleppm gekomm, sondan un det Prenzessin Kluuchheit zu hööan; un dat fanta töfte un se fant ihn au töfte, weisse."

„Ja sicha wa dat Kay!" sachte Geada. Er isso kluuch un hat voll wat auffm Kastn; er konnte de Kopprechnunk mit Brüchn, weisse! Kea, willze mich nich auffet Schlössken bringn tun un mich da einfühan?"

„Hömma Määdken, dat is leichta gesacht alz getan, weisse!" antwoatete de Krähe. „Dat issn Vasuuch weat! Abba wie stelln wa dat nua an? Ich weade ma mit meina Gelieptn kwatschn, se kann unz wohl nen guutn Rat eateiln; denn dat mussich dich saagn: son kleenet Määdken, wie du et am sein biss, bekommt nie de Ealaupnis, ganz hinein zu komm, vastehsse!"

„Mach dia ma kein Kopp hömma, de Ealaupnis eahaltich!" sachte Geada. „Wenn Kay hööat, dattich da bin, kommta um mich zu hooln, weisse!"

„Jau allet paletti!" sachte de Krähe. „Eawaate mich einfach doat am Gitta," wacklte mittn Kopp un flooch davon. East alzet späät am Aahmt wa, keahte de Krähe zurück. „Kraah! Kraah! sachte se. „Hömma, ich soll dich viieama von iha Grüüßn machn un hia is ne kleene Knifte füa dich, dat nahmse ausse Küche mit; doat gibbet ja Kniftn genuch un du hass bestimmt Kohldampf un biss hungrich. Kea hömma, et is nich mööchlich, datte inz Schlössken reinkomm kannz: Du biss ja baafuß. De Gaadistn in Silba un de Lakain in Gold wüadn et nich ealaubm. Abba heul nich! Du sollz schon hinaufkomm. Meine Peale kennt ne Hintatreppe, die zum Schlaafgemaach füaht un weiss, wo dea Schlüssl am liegn is!"

Se gingn innen Gaatn hinein, da wo sonne mächtige Allee is un, wo ein Blättken nachm andren apfiel; un alz dann auffm

Schlössken de Funzln ausgelöscht wuadn, de eine nache andren, füahte de Krähe de kleene Geada zua Hintatüare, die nua angeleehnt wa.

Oh je, wie Geada's Heazken voa Muffmsausn pochate! Et wa graadeso, alz opse wat Böset tun wollte, vastehsse?! Abba se wollte ja nua wissn, oppet dea kleene Kay sei. Jau, dea musste et sein; se gedachte so lebendich seina kluugn Klüüsn, sein langet Haa; se konnte et kaum eawaatn, ihn seehn zu tun; wieja imma lächlte, so wie dammalz, alze daheim unta de Rööskes saaßn. Er wüade sich sicha froin machn, se zu seehn; zu hööan, un watse füan langn Weech, um seinetwilln zurückgeleecht hatte; wissn zu tun, wie bedröpplt doch Alle daheim geweesn waan, alza nich widdagekomm is. Hömma, wa dat ne Fuacht un Froide zugleich, wat se hatte!

Nun waase auffe Treppe; da brannte ne mickrige Latüchte auffm Schrank; mittn auffm Fuußboodn stant de zahme Krähe un wendete ihan Kopp nach alln Seitn un bekuckte sich de kleene Geada, die sich voa iha vaneichte, wie et iha de Großmuda geleaht hatte.

„Kea da bisse ja!" sachte de zahme Krähe. „Mein Valoopta hat mich viel Gutet von dich vatellt, mein kleinet Määdken. Hömma, ihare Vita, wie man et nenn tut, is seha rüüharent. Dann wommama; willze ma ebent hia de Funzl nehm, dann willich voarrangehn machn; wia nehm den graadn Weech zum Schlaafgemaach, denn da wiad unz keine Sau inne kweere komm!"

„Kea, et is mich so, alz op Jemand hinta unz hea kääme," sachte Geada; un et sauste an iha voabei; hömma, et wa, wie de Schattn anne Wand; Zossn mit fliegnden Määhn un dünnen Kackstelzn, Jachtbuaschn, Heaan un Daamen zu Rosse, saahse, weisse.

„Hömma meine Kleene, dat sin nua Träumkes," sachte de zaahme Krähe; „se komm un hooln de Gedankn vonne hohe Heaaschaft zua Jacht ap. Dat is recht gut, weisse, dann könn se se bessa inne Poofe betrachtn machn. Abba ich hoffe, wennse zu Ehan un Wüadn gelangn, weadn se nen dankbaaret Heaz zeign."

„Kea, dat vasteht sich doch von selpz!" sachte de Krähe vom Walde. Nun kam se innen eastn Saal; dea wa von rosarootm Atlas mit künstlichn Blüümkes anne Wände hinauf; hia saustn an ihnen schonn de Träumkes voabei; abba se fuhan so schnell hömma, dat Geada de hoohn Heaaschaftn nich am seehn bekam. Hömma, ein Saal wa prächtiga, alz dea andre; ja man konnte wohl vadutzt kuckn! Nun waanse im Schlaafgemaach der Prenzessin angelankt. Hia glich de Decke nea mächtign Palme mit Blättan aus Glaas, vom kostbaan Glaase; un mittn aufffm Fuußboodn hingn annem dickn Stengl von Gold zwei Poofm, von deenen jedet einzlne wie ne Lilije ausehn tat; de eine wa weiß, in dea laach de Prenzessin am penn un de andre wa root un in diesa sollte Geada den kleen Kay suuchn machn. Se booch einz vonne rootn Blättkes anne Seite un da saahse nen braun Nackn.

„Oh, dat is Kay!" keifte se un rief ganz laut seinen Naahm unhielt dat Lämken nach ihm hin. - De Träumkes saustn auf Zossn widda inne Stuube hinein – er eawachte drehte den Kopp zu Geada um un – et wa nich dea kleene Kay. Dea Prinz glich ihm nua im Nackn hömma; abba junk un schnukkelich waara trotzrem, weisse.

Aussm weißm Lilijenblättken blinzelte de Prenzessin heavoa un fraachte, wat da Ambach wäa. Da fink de kleene Geada am heuln, se plüddate bittaliche Tränkes un eazählte ihare ganze Storrie un allet wat de Kräähn füase getan hättn.

„Ach kea! Du aamet Määdken!" sachtn dea Prinz un de Prenzessin; un se belooptn de Kräähn un sachtn, datse gaanich böse aufse sei; abba se solltn et nich det öfftren machn tun, vastehsse un se solltn ne Belohnunk eahaltn.

„Hömma! Wollta frei flieegn machn?" fraachte de Prenzessin. „Oda wollta ne feste Anstellunk alz Hoofkräähn haabm, mit allm, wat inne Küche apfällt?"

De beidn Kräähn vaneichtn sich voare Prenzessin un baatn umme feste Anstellunk, denn se gedachtn schonn einet foatgeschrittnet Altas un sachtn:

„Ach ja! Et wäare so töfte hömma, wenn wa wat auffe olln Taage haabm!"

Dea Prinz stand ausse Fuazmolle auf un ließ Geada darinne pennen, meha konnte er nich füase tun. Se faltete ihare mickrign Pootn un dachte: „Ach, wie gut sin doch de Viecha un de Menschn!" un dann schloße ihare Klüüsn un ratzte so tief un fest un sanft, wie nua im Mäachen, weisse. All ihare Träumkes kamen heabeigefloogn un se saahn wie Gottes Engelkes aus un se zoogn nen klein Schlittn hinta sich hea, auf dem Kay am sitzn wa un nickte; abba dat Ganze wa nua son Träumken; abba se waan am Moagn widda foat, alze widda aufwachte, vastehsse!?

Am folgenden Taage wuade se von Kopp biss anne Kwantn in Seide un Samt gekleidet; et wuade iha angebootn, hia auffm Schlössken zu beibm, um töftn Taage zu genießn; abba se baat nua um nen kleinen Waagn mit mem Gaul davoa un son Paa kleine schnukklige Stiefelkes, wiese dea kleene Kay truuch; dann wollte se widda inne vadammte weite Welt ziehn tun, um Kay suuchn zu machn. Se eahielt Stiefelkes un nen Muff; se wuade schnukkelich angeströppt un alze foat wollte, hielt voare

Tüa ne Kutsche aus reinem Golde; det Prinzn un det Prenzessin iha Wappm glänzte anne deaselbm wie son Stean; Kutscha, Diena un Voareita; jau et waan au Voareita dabei, se saaßn da mit godnen Krönkes auffm Koppe. Dea Prinz un de Prenzessin halfm Geda selpz inne Kutsche hömma un se wünschtn iha allet Glück vonne Welt. De Waldkrähe, welche nun mit seina angetrautn Peale vaheiraatet wa, begleitete se de eastn drei Kilomeetas; se saaße zua Seita, denn se konnte et zu toode nich vatraagn, rückwäatz zu faahn. De andre Krähe stant inne Tüa un schluuch mitte Flüügels; se kam nich mit, denn se litt an Kopppinne, seitdem se ne feste Anstellunk inne hatte un imma viel zu viel zu spachteln eahielt. Innwändich wa de goldne Kutsche mit Zuckabreezln ausgeschlaagn un inne Sitze waan Pfeffanüsskes, weisse.

„Leep wohl! Mach guut, woll!" riefm der Prinz un de Prenzessin dea kleen Geada hintahea; un dat kleene Määdken fing am heuln an un de Krähe pläate mit. So ginget de eastn Kilomeetas, dann sachte au de Krähe Leebewoohl un Tüsskes; un dat wa iha schweasta Apschiet; se flooch auffm Bäumken hoch un schluuch mit seinen schwattn Flüügels, so lange, wiese den Waagn, welcha im helln Sonnschein glänzte, eablickn konnte, vastehsse!?

Illustration: **Thomas Vilhelm Pedersen** 1820 - 1859 (Bild-PD-alt)

137

Fünftet Döneken: Dat kleene Räubamäädken

Hömma, se fuahn weita, imma weita duachn dunklen Wald, abba de Kutsche leuchtete gleich eina Fackl; dat saahn de Räuba schonn von weitn un staach ihnen inne Klüüsn, denn dat konntn se nich eatraagn, weisse.

„Dat is Gold, dat is Gold!" riefm se un stüaztn heavoa, eagriffm de Gäule, maltretieatn un vawickstn de kleen Jockies, den Kutscha un de Diena un zoogn dann au noch de kleene Geada aussm Waagn.

„Hömma, se is mollich un fett, se is schnukkelich un mit Nußkeane gefüttat!" sachte dat oll Räubaweip, die nen langn, zeazaustn Baat un Augnbraun hatte un iha übba de Glubschas runna hingn.

„Kea, se isso töfte, wie son kleinet fettet Lämmken; watse unz wohl schmeckn wiad!" sachte de oll Räubatusse un zooch nen blankn Zachl raus, dea glänze im Mondlicht, datta gräulich aussah.

„Au!" sachte dat olle Weip zua gleichn Zeit; se wuade vonn eignen Tochta, so wild un gaastich angegangn un et dea kleen Schickse ne Lust wa, ihara Mudda inz Ööaken zu beißn.

„Kea, du ollet Blaach, du dusslige Kuh!" keifte de Mudda un hatte nich de Zeit, de kleene Geada zu schlachtn un iha den Gaaaus zu machn.

„Se soll mit mich spieln tun: sachte de kleene Räubaschickse. „Se soll mich ihan Muff, ihan töften Fumml geebm un in meina Poofe penn!"

Un dann biß se widda zu, dat dat Räubaweip inne Höhe sprank un sich rinks hearum drehte un alle Räuba sich beömmeltn un spraachn:

138

„Kumma, wiese mit ihan Kälpken schwooft! Kea, kuck sich dat eina ma an!"

„Hömma, ich will au inne Kutsche rein!" sachte dat Räubamäädken!" Un se wollte un musste ihan Willn haabm; denn se wa son vazoognet Gööa un zimmlich haatnäckich, weisse!

Alze mit Geada inne Kutsch am sitzn wa un se übba Stöcksken un Steinkes imma tiefa innen Wald reinfuahn, hatte de kleene Geada mächtich Muffmsausn. Denn dat kleene Räubamäädken wa noch junk, abba so groß wie Geada un viel stäaka, weisse. Se wa von breitschultriga Gestalt un von dunkla Haut; de Klüüsn waan schwatt wie de Nacht un saahn so bedröpplt aus. Se packte de kleene Geada am Leip un sachte zu iha:

„Se solln dich nich schlachtn machn, so lange ich nich bööse un gaastich weade. Du biss do wohl ne Prenzessin, wonnich!?"

„Nee hömma!" antwoatete Geada un vatellte iha allet, watse bishea ealeept hatte un wie seha se doch den kleen Kay liep hätte. Dat Räubamäädken bekuckte se eanzthaft von oohm biss untn, nickte mittn Kopp un sachte:

„Se soll dich nich schlachtn machn, selpz dann nich, wennich gaastich un bööse zu dich weade; dann weadich et selpz tun!"

Un dann trocknetet se Geada's Tränkes un steckte ihare beidn Pootn innen Muff, dea so weich un waam wa. Nun bliep de Kutsche am stehn; se waan im mittn auffm Hoofe einet Räubaschlössken; datselbige wa von oohm biss untn geboastn un saah nea olln varottetn Kaschemme gleich, weisse. Raabm un Kräähn floogn aus offne Löchskens det Schlösskes hearaus un de bullign Tööln, von dea jeede aussah, alz könntn se nen eawaksnen Menschn vaschlingn, sprangn hoch empoa; abba se klefftn nich, denn dat wa ihnen vabootn, weisse.

Hömma, im grooßn, oll, vaquwalmtn Saale brannte mittn auffm steinanen Fuußboodn nen hellet Feujaken; dea Kwalm zooch unta de Decke un musste sich selpz den Weech na draußn suuchn. Son mächtich großa Braukessel mittn Süppken drinne, brutschelte voa sich hin, Hääsken un Kannickl wuadn da au noch übbat Feujaken an Spießn gebraatn.

„Ey, du kleene Schickse," sachte dat Räubamäädken, „du tuhs heute Nacht hia bei alln meine klein Viecha penn!"

Geada un dat Määdken bekamen zu spachtln un zu süppln un gingn dann nach nea Ecke hin, wo Stroh un olle Teppiche laagn. Oohm darübba saaßn auf Lattn un Stääbm meha alz hunnat Duwen, die alle am ratzn schienen, sich abba doch ein wenich drehtn, alz de beidn kleinen Määdkes kamen.

„Kumma, da oohm, se gehöan alle mia, weisse!" sachte de Räubaschickse un griff wacka eine dea näästn, hielt se in ihara Poote anne Flunkn un tat se mächtich schüttln, dat dat Täupken mitte Flüügelkes schluuch.

„Knuutsch se!" rief se un schluuch se dann dea kleen Geada volle Kanne inne Fresse.

„Ey kumma, da oohm hockn de Waldkanalljien," fuha se foat un zeichte iha de Viecha, die hinta nea Anzahl von Stääbm un voa nem Löchsken hoch oohm inne Maua saaßn; „Dat sinse, de Waldkanalljien; se fliegn gleich wech, wenn man se nich oantlich vaschlossn hält; un kumma hia, dat is mein olla un alla liepzta Bä!" Un se zooch nen Rentiea am Hoane, welchet nen blankn kupfanen Rink ummen Halz truuch un angebundn wa „Hömma, den müssn wa au imma inne Klemme haltn machn, sonz hüppta unz foat.

An jeedn Aahmt kitzl ich ihm mit meinen schaafm Zachl am Halse, denn davoa tuta sich seha füachtn machn, vastehsse!?"

Dat Räubamäädken zooch nen langn Zachl aus nea Spalte inne Maua un ließ et übba den Halz det Rentieas hingleitn; dat aame Vieh schluuch mitte Porreepiepm aus un dat kleene Räubamäädken beömmelte sich un zooch de kleene Geada mit in ihare Fuazmolle hinein.

„Hömma, willze den olln Zachl etwa behaltn machn, wennze ratzn tuhs?" fraachte Geada un kuckte ganz fuachtsam nach demselbign hin.

„Ey hömma! Ich penn imma mittn Zachl, weisse!" sachte dat Räubamäädken. „man weiß ja nie, wat so voafalln kann. Abba vatell mich ma lieba, watte mich voahin übban kleen Kay eazäählt hass un warumme inne weite Welt hinausgelaatscht biss."

Geada kwatschte sich de Schnüss fusselich, se vatellte dem Räubamäädken allet watse bishea ealeept hatte un de Waldtäupkes knuaatn oohm im Kääfich un de andren Duuwn penntn. Dat kleene Räubamäädken leechte iha Aam un Geada's Halz, hielt den Zachl inne andren Flosse un pennte, dat man et hööan konnte, vastehsse!? Abba Geada konnte ihare Glupschn nich schließn machn; denn se wusste nich, opse leebm oda steabm wüade. De Räuba saaßn rinkz ummet Feujaken hearum, krakeehltn un schlucktn wie de Spechte hömma; un dat oll Räubaweip übbakeegelte sich un machte zua Mukke heftige Kisslköppa. Och nee hömma, dat wa nich töfte füa dat kleene Määdken mit anzekuckn, weisse, da sachtn de Waldtäupkes:

„Kurre! Kurre! Ey hömma, wia hamm den kleen Kay geesehn. Ein weißet Hüühnken truuch sein Schlittn; ea selpz saaß inne Kutsche vonne Schneekönjin, welcha dicht am Wald fuha, alz wa im Neste laagn; se blies auf unz junge Duuwn un aussa unz beide, sin alle krepieat. Kurre! Kurre!"

141

„Hömma, wat sachta da oohm?" fraachte de kleene Geada. „Un wohin hat sich de Schneekönjin mit Kay vapieslt? Wissta etwa wat davon?"

„Nee, nich so richtich! Abba wia glaubm, se reistn weita nach Lappland, denn doat is au im Somma imma Winta, weisse un et liecht da imma Schnee un Eis. Fraach domma dat Rentiea, dat am Strick angebundn is!"

„Jau, da is imma Schnee un Eis!" sachte dat Rentiea. „Doat hüppm wa alle in grooßn glänznden Täälan frei umhea! Da hat de Schneekönjin imma iha Sommazelt; abba iha Schlössken is oohm am Noadpool, doat isset auf nea Insl am stehn, die Spitzbeagn genannt wiad, weisse!"

„Oh, Kay! Mein kleena Kay!" seufzte Geada.

„Kea hömma, du muss stikkum liiegn bleim!" sachte dat Räubamäädken; „sonz stoß ich dich den Zachl im Balch!"

Am andren Moagn vatellte iha Geada allet, wat de Waldduuwn se eazählt hattn un dat Räubamäädken saah ganz eanzthaft aus, nickte abba imma mittn Kopp un sachte dann:

„Kea, dat is einalei! Dat is einalei!" Un fraachte dann dat Rentiea: „weisse eingslich wo Lappland am lieegn is?"

„Na logo! Wea sollte et wohl bessa wissn tun, alz ich hömma!" sachte dat Rentiea un seine Klüüsn funkeltn ihm im Koppe. „Doat binnich geboan un eazoogn woadn un imma auffm Schnee rumgehüüpt, weisse!"

„Hömma!!!" sachte dat Räubamäädken zu Geada: „Kumma da, alle unsre Räubakeale sin foat, nua unsre Mudda is noch am Staat un se bleipt au, abba geegn Mittach säuftse ne große Pulle Fuusl un pennt danach ne Runde; dann weade ich wat füa dich machn tun!"

Nun sprangse ausse Fuazmolle, fiel dea Mudda ummen Halz un zoochse am Baat un sachte iha:

„Na, mein kleina Zicknbock, ich wünsch´n guutn Moagn!"

Draufhin gaap iha de Mudda nen Naasnstuppza, dat dea Zinkn root un blau wuade un dat geschah allet nua aus lauta Liebe, weisse. Alz de Mudda dann aus ihara Pulle süppelte un daraufhin einpennte, ging dat kleene Räubamäädken zum Rentiea un sachte:

„Kea, ich könnte imma so mächtich Froide dranne haabm, dich so manchet Ma mittn schaafm Zachl zu killan, denn dann bisse so poossiealich; abba et is einalei; ich will deine Schnua löösn un dich hinaushelfm, damitte au na Lappland laatschn kannz; abba du muss mächtich Meetas machn un hia dat kleene Määdken zum Schlössken dea Schneekönjin bringn tun, da wo iha Spielkamerat am sein is. Du hass ja mitgekricht watse gekwatscht hatte, wa ja laut genuch, alze gelauscht hass!"

Dat Rentiea sprang voa Froide auf un dat Räubamäädken hoop de kleene Geada aufs Rentiea drauf un hatte de Voasicht, se au festzubindn, ja sogaa, iha nen kleinet Kissn unta de Fott zu schiebm, damitse gut sitzn tut.

„Kumma, hia hasse au deine Pelzstiefelkes widda," sachte se, „denn et wiad aaschkalt; abba den Muff, den krisse nich, den behalt ich, denn dea is zu schnukkelich! Abba frian sollze aunich, hia hasse de Fausthanschn von meina Mudda, se reichn dich ja bis zum Ellnboogn hinauf. Nun kriech schon rein da! - Hömma, getz siehsse anne Pootn aus, wie meine oll hässliche Mudda, weisse!" un beömmelte sich. Geada fink am pläären an, abba se heulte voa Froide. Dat musste sein!" sachte dat Räubamäädken, „ich konnte mich nich mit ankuckn, datte anfänkz zu grinsn, weisse. Abba getz musse graade recht froh

143

aussehn tun; hia hasse noch zwei Broote unnen Schinkn; nun wiasse nich Kohldampf schiebm."

Beidet wuade hintn auffm Rentiea geschnallt, dat kleene Räubamäädken machte de Tüare offm, lockte alle grooßn Köta hearein, schnitt den Strick mit ihan schaafm Zachl duach un sachte zum Rentiea:

„Mach datte Land gewinnz un laufe denn hinne! Abba gipp mich recht auf dat kleene Määdken Acht, sonz krisset mit mia am tun, vastehsse!?"

Geada streckte iha de Pootn entgeegn un sachte Leepwohl un dann flooch dat Rentiea mitse foat, übba Söckzken un Steinken duachn Wald, übba Sümpfe un Steppm, so wacka et nua konnte. De Wölfe heultn un de Raabm keiftn. „Fut! Fut!" ginget am Himmlken. Et wa gleichsam so, alz oppa rot nießte, weisse.

„Dat sin meine oll Noadlichtkes!" sachte dat Rentiea, „kumma, wiese leuchtn!" Un dan liefet noch schnella davon, den ganzn Tach un de Nacht. De Kniftn mit Schinkn wuadn au gefuttat un iangswann waan se dann au in Lappland angekomm, weisse.

Sekztet Döneken: De Lappin un de Finnin

Bei son mickriget Häusken bliebm se am stehn; et wa vom Ansehn seha häßlich un jämmalich; dat Dach gink biss auffe Eade runna un de Tüa wa so niedrich, dat de Mischpoke imma auffm Wanzt rein- oda rauskrabbln musste. Kea, hia wa äct dea Kööta begeaahm, wennze vastehs, wat ich mein. Denn hia wa aussa de olln Lappin, welche im Schein nea Tranfunzl Fischkes kochte, keine Sau zu Hause; un dat Rentiea eazählte

144

iha Geada´s ganzet Döneken; abba zueast sein eignet, denn dat easchien ihm weit wichtiga; un Geada wa so apgefackt vonne Kälte, datse nich laban konnte.

„Ach, iha Aamen!" sachte de oll Lappin; „da hapta abba noch seha weit zu laatschn! Iha müsst übba hunnat Kilometas weit in Finnmaak hinein, denn da tut de Schneekönjin aufffm Lande am wohn, et brennt doat bei Tach un Nacht so bengaalische Flamm, wissta. Ich weade son paa Woate auf nen trocknen Stockfischken kritzln; Papiea habbich nämmlich nich; den weade ich euch dann füa de Finnin mitgeebm tun; se kann euch bessa Bescheit geebm, wie ich, wissta!"

Un alz Geada nun eawäamt woadn wa un wat gefuttat un gesüpplt hatte, da schriep de Lappin nen paa Woate auf dat trockne Stockfischken un baat Geada seha gut drauf Acht zu geebm. Se band se widda auffet Rentiea fest un dieset sprank davon, wie vom Blitz getroffm, weisse.

„Fut! Fut!" ginget oohm inne Luft; de gaanze Nacht leuchteten de buntn Noadlichtkes; un dann kaamse nach Finnmaakn un kloppten am Schoanstein dea Finnin, denn se hatte nonimma ne Tüare, weisse. Kea, wat wa da ne Hitze inne Hütte, et wa so heiß hömma, dat de Finnin fast nackich daheaging; se wa ne mickrige Olle un ganz schmuddelich am ganzn Balch; gleich lööste se de Klamottn dea kleen Geada un ströppte iha de langn Fausthandschn un Stiefelkes aus, denn sonz wäa et Geada zu heiß gewoadn; leechte dem Rentiea nen Stückzken Eis aufffm Kopp un laas, wat de oll Lappin aufffm Stockfischken gekritzlt hatte. Se laas et dreima, bevoa se wusste wat Ambach wa un steckte den trocknen Stockfisch innen Suppmpott, denn er konnte ja noch veaspachtelt weadn, dennse vaschwendete nie wat, vastehsse!?

Nun vatellte dat Rentiea zueast widda seine un dann Geada's Döneken; un de Finnin blinzelte mit ihan kluugn Klüüsn, sachte abba nix dazu.

„Hömma, du biss so kluuch!" sachte dat Rentiea, „ich weiß, du kannz alle Winde vonne Welt in enen Zwieanfaadn zusamm bindn; wenn dea Schiffa den ein Knootn lööst, so eahälta guutn Wind; löösta den andren, dann weht et schaaf; un löösta den drittn un vieatn, dann isstet am stüam dranne, so dat de Wälda umfalln tun. Samma, willze dem kleenen Määdken dennich nen Trank am süppln geebm, datse de „Zwölf-Männa-Kraft" eahaltn tut un de Schneekönjin übbawindn kann?"

„Zwölf-Männa-Kraft?" sachte de Finnin, „Jau, dat wüade iha bestimmt helfm machn, de Schneekönjin nen Schnippken zu schlaagn!"

Un dann gingse zu nem Regaal, nahm nen großet zusamm-gerolltet Fell heavoa un rollte et auf; hömma, da waan wundabaare Buuchstaahm drauf geschrieem un de Finnin laas, dat iha dat Wassa vonne Stian runnalief, denn se wa voll am ööln dranne. Abba dat Rentiea baat widda so seha füa de kleene Geada un Geada kuckte de Finnin mit so bittalich vaheultn Klüüsn volla Tränkes an, datse widda mit ihan blinzln anfink un dat Rentiea innem Winkl zooch, wose ihm zuflüstate, wäahrent et widda ne Poazion Eis aufm Kopp bekam:
„Hömma, dea kleene Kay is waahlich beije Schneekönjin un findet doat allet seha töfte un voll nach sein Geschmäckle un glaupt, et sei dea beste Oat inne ganzn Welt; abba dat kommt nua davon, datta nen Glassplitta im Heazken unnen kleinet Glasköanken inne Klüüsn bekomm hat. Hömma, se müssn zueast hearaus, weisse, sonz wiata nie widda n´ Mensch un de Schneekönjin wiad weita de Gewalt übba ihn behaltn machn, vastehsse!?"

„Ja hömma!" sachte dat Rentiea, „abba kannze dea kleen Geada nich wat geebm, sodatse übba dat ganze Gewalt eahält un nich apkackt?"

„Ja weisse, ich kann iha keine größre Gewalt mit auffm Weech geebm, alze schon besitzn tut; siehsse nich, wie mächtich se is? Siehsse nich, wie Mensch un Tiea iha dien müssn un wiese auf nackign Maukn so gut inne Welt vorran gekomm is? Se kann nich von unz meha Macht eahaltn; hömma, dat sitzt allet bei iha im Heazken drinne; se besteht darin, datse nen liebet, schnukkliget un unschuldiget Blaach is. Kannse nich selpz zua Schneekönjin in Schlössken gelangn un dat Glas aus Kay's Heazn un Klüüsn bringn, dann könn wa iha au nich helfm machn! Hömma, zwei Meiln von hia beginnt dea Schneekönjin iha Gaatn; dahin kannze dat kleene Määdken bringn tun; setze beim grooßn Büschken ap, welcha mit rootn Beean doat im Schnee am stehn is; halte kein langet Palaawa mit iha, sondan spuute dich wacka widda zurückzukomm! Hasse kapieat?!"

Dann hoop de Finnin de kleene Geada aufs Rentiea, welchet so wacka lief, wie et nua konnte.

„Och nee! Ich happ meine Fausthandschn un meine Stiefelkes nich an!" krakeehlte de kleene Geada.

Dat meakte se abba east inne eisich schneidnde Kälte; abba dat Rentiea waachte et au nich anzehaltn un umzedreehn; et lief einfach wacka so schnell et konnte weita zu dem Büschken mitte rootn Beean hin, um doat de kleene Geada apzesetzn. Alz Geada apstieech, knuutschte dat Rentiea de kleene Geada auffe Schnüss un et fink am heuln.

Et liefm große blanke Tränkes übba de Wangn der Rentias; machte sich abba dann wacka vom Acka un rannte wat dat Zoich hielt widda zurück zua Finnin.

147

Illustration: **Thomas Vilhelm Pedersen** 1820 - 1859 (Bild-PD-alt)

Da stantse nun, de aame kleene Geada, ohne Fausthandschn un ohne ihare Stiefelkes, mittn in den füachtalichn, aaschkaltn Gaatn dea Schneekönjin in Finnmaakn un froha sich de Fott ap. Se laatschte also voaran, so wacka se nua konnte; denn da kam nen ganzet Regiment Schneeflöckzkes; abba se fiel nich vom Himmlken runna, weisse, nee, denn dea wa ganz hell un glänzte voa Noadlichtkes; de Schneeflöckzken liefm graade auffe Eade hin un hea un je näha se rannkamen, umso größa wuadn se. Geada eainnate sich noch ganz genau, wie groß un künztlich Schneeflöckzkes dammalz ausgesehn hattn, alze dieselbm duach son Brennglas bekuckte.

Abba hia in Finnland, waanse freilich noch gröößa un füachtalicha anzukuckn, weisse. Hömma, se leeptn; se waan de Voapostn vonne Schneekönjin un hattn de alla sondabaastn Gestaltn, vastehsse!?

148

Hömma, einige saahn aus, wie häßlich mächtige Stachl-schweinkes; andre wie Knootn, gebildet von Schlangn, welche de Köppe heavoastrecktn; un noch andre winzich dickliche Bäaan, auf deen sich de Haare sträuptn; alle waan glänzent weiß, alle waan lebendige Schneeflöckzkes, weisse.

Da beetete de kleene Geada iha Vattaunsa; un de Kälte wa so groß hömma, datse ihan eignen Aatm seehn konnte; denn dea ging iha wie Rauch ausse Schnüss. Iha Aatm wuade dichta un dichta un gestaltete sich mitte Zeit zu kleene Engelkes, die meha un meha wuuckzn, wennse de Eade berüahtn; un alle hattn Helme auffm Deetz un Spieße un Schilde inne Flossn. Ihare Anzahl wuade imma größa un alz de kleene Geada iha Vattaunsa beendet hatte, wa da ne ganze Legion um se rum; se staachn mitte Spieße geegn de gräulich schimmandn Schnee-flöckzken, sodatse in hunnate von Stückskes zeasprungn sin; un de klene Geada ganz sicha un mit froohn Mutes weita voawäatz gink. De Engelkes streicheltn ihre Pootn un Maukn; da empfant se et viel weniga, wie aaschkalt et doch da wa; un eilte wacka in det Scheekönjin iha Schlössken zu komm.

Abba getz müssn wa doch easma sehn, wat dea kleene Kay machn tut. Hömma, dea dachte freilich nich anne kleene Geada un am weenichsten, datse getz draussn voam Schlössken am stehn tut; un ihm schonn duache ganze Welt am suuchn is.

Sipptet Döneken: Vom Schlössken dea Schneekönjin un wat sich späta drinne zutruuch

Hömma, det Schlösskes Wände waan gebildet aus treibendn Schnee un de Fenstakes un Tüan vonne schneidnen Winde, weisse; et waan doat übba hunnate von Sääle drinne un alle, wiese dea Schnee zusammwehte.

149

Dea grööße un mächtichste Saal eastreckte sich von Ponzius zu Pilatus, wennze vastehs, wat ich mein; denn er wa meharere Meiln lank; dat staake Noadlicht beleuchtete se alle un se waan so grooß, so hell, so eisich kalt un töfte am glänzn! Kea, abba Lustbaakeitn gaabet hia nich, nonimma nen klein Bäanball, wozu dea Stuam hätte aufspieln un wobei sich de Eiabäan auffe Hintamaukn geegn de fein Maniean hättn zeign könn; nie ne kleine Spielgesellschaft mit Maulklapp un Tatznschlach; nie nen kleinen Käffkenklatsch vonne weißn Fucks-Weiban oda äähnlichn, nie wa da wat los hömma; nua leea, groß un mächtich, einsam un valassn un aaschkalt waan de Sääle vonne Schneekönjin, weisse.

De Noadlichtkes flammtn so genau, dat man se hätte zäähln könn, wann se am hööstn un am niedrichstn standn. Un in mittn diesn leean Schneesaale wa nen zugefroana See; hömma, dea wa in tausnd Stückzkes zeasprungn; abba jeedet Stückzken wa dem andren so gleich, dat et nen volkommnet Kunztweak wa; un mittn auffm See hockte de Schneekönjin, wennse ma zu Hause wa; un dann sachte se, datse im Spiegelken det Vastandea sääße un dat dieset dea einzige un beste inne Welt sei, weisse.

Dea kleene Kay wa ganz blau voa Kälte, ja hömma, er wa fast schonn schwatt; abba er meakte et nich, denn se hatte ihm den Frostschaua schon apgeknuutscht un sein Heazken glich nem Eisklumpm, vastehsse?! Er schleppte einige schaafe, flache Eisstückzken hin un hea, dieja auf alle mööchliche Weise annananda klamüüsate, denn er wollte damit etwat machn tun. Et wa graade, alz wenn wa kleine Holztääfelkes haabm un se in Figuan zusammleegn wüadn, wat man dat Schineesische Spielken nennt. Kay ging au un leechte Figüakes un zwaa de allakünztlichstn; denn dat wa dat Eisspielken det Vastandes, weisse.

In seinen Klüüsn waan de Figüakes ganz ausgezeichnet töfte gelungn un von allahöösta Wichtichkeit; dat machte bei ihm dat Glaasköanchen, watta in seine Glupschas hatte! Er leechte vollständige Figuan, die wien geschrieemnet Woat waan; abba nie konnta et dahin bringn, dat Woat leegn zu machn, watta graade haabm wollte, dat Woat: Ewichkeit!

De Schneekönjin sachte:

„Hömma mein Stöppke; kannze diese Figua ausfindich machn, dann sollze dein eigna Heea sein un ich schenk dich de ganze Welt un nochn Paa neuje Schlittschüükes dazu!"

Abba dea kleene Kay konnte et nich zusammfriemeln, denn er wa einfach duachn Glaassplitta inne Klüüsn gehemmt, weisse.

„Nun sauß ich wacka foat nache waam Lända! Ich will da ma hinfaahn un inne schwattn Pötte reinzukuckn!" sachte de Schneekönjin.

Hömma, watse damit meinte, dat waan de feujaspeinde Beage Äätna un Vesuuv; wie man se nenn tut.

„Ich weadse ma son bissken weiß machn hömma! Denn dat gehöat dazu; dat tut nämmlich den Zitroon un de Weinträupkes gut, weisse!"

Dann flooch de Schneekönjin davon un vapisste sich easma un dea kleene Kay saaß getz ganz allein in den viele Meiln grooßn un leean Eissaal, bekuckte sich de Eisstückzkes un dachte un dachte, sodat et in ihm knackte; ganz steif un stikkum saaßa da; man hätte glaubm könn, er wäa eafroan. Da geschah et, dat de kleene Geada duach dat mächtige Toa inz Schlösske tappzte. Hömma, da heaschtn schneidende Winde, abba se beetete nen Aahmtgebeet un kuck an, de Winde leechtn sich, alz opse penn wolltn; dann traat dat kleene Määdken Geada ein, hinein in den mächtich grooßn, leean un aaschkaltn Eissaal; da eablickte se Kay; hömma, se eakannte ihn sofoat, wetzte zu ihm, flooch ihm ummen Halz, hielt ihn so fest un sachte:

„Ach Kay! Mein liepzta kleena Kay! Da bisse ja, habbich dich entzlich nach so langa Zeit gefunn!"

Kay abba saaß ganz stikkum, steif un kalt; da fingse am heuln un Geada valoa heiße Tränkes, se fieln auf Kay's Brust, drangn in sein Heazken ein un tautn so den Eisklumpm Kay auf un vazeahtn dat kleine Spieglstückzken darinnen; er kuckte se an un fink sofoat am trällan an.

„Roosn, se blüühn un vaweehn; Wia weadn dat Christkindken seehn!"

Hömma, da braach dea kleene Kay heftich in Tränkes aus, er pläate so fest, dat dat Spiegelköanken in seinen Klüüsn entschwamm; nun eakannta au de kleeene Geada un juubelte: „Ach Geada! Meine liepzte Geada! Wo waasse so lange geweesn? Un wo binnich so lange geweesn?"

Er kuckte sich um, glotzte hin un hea un sachte: „Kea hömma, aaschkalt isset hia inne Hütte! Wo simma denn? Kea, wie weit un leea isst hia im Puff. Er klammate sich an Geada un se beömmelte sich un heulte voa Froide; dat wa so healich hömma, dat selpz de Eisstückzken voa Froide, rinkz umhea am Schwoofm anfingn un alze müüde waan un sich niedaleechtn, laagn se gradeso inne Buuchstaahm, vom Woat „Ewichkeit" von deenen de Schneekönjin gesacht hatte, datta se ausfindich machn solte, dann wäa er sein eigna Heea un se wollte ihm de ganze Welt un noch'n Paa neuje Schlittschüükes geebm tun. Dann knuutschte de kleene Geade Kay's Wangn un se wuandn ganz blüühnd, so richtich töfte root wuan se hömma; se knuutschte au seine Klüüsn un so gleich straahltn un leutetn se;

se knuutschte seine Pootn un Maukn un dann waara gesund un mutnta. De Schneekönjin mochte ruhich na Hause komm; sein Freibriefken stand da mit glänzendn Eisstückskes geschrieem.

Kay un Geada packtn sich einanda anne Flossn un wandaatn aus dem mächtich grooßn Schlössken hinaus; se kwatschtn übba de Großmudda un wie töfte et doch imma mitse wa; se kwatschtn vonne Röösken oohm auffm Dache; un wose au laatschtn, ruuhtn de Winde un dea Lorenz braach heavoa; un alzse den Busch mitte rootn Beean eareichtn hömma, so stant dat Rentiea da un waatete auf beide. Hömma, et brachte nochn jüngret Rentiea mit, dessn Euta volla lekkra waama Milch wa un dat gaapet den kleen Blaagn zu süppln un knuutschte se auffe Schnüss. Dann truugn se den kleen Kay un de kleene Geada east zua Finnin, wose sich inne heißn Stuube aufwäamtn un übba ihare Heimreise palaawatn; dann ginget zua Lappin, welche ihnen neuje Klamottn genääht hatte un se ihnen anströppte; de Lappin stellte ihan Schlittn bereit, den se instant gesetzt hatte un dann ging de Post ap. Dat Rentiea un dat jüngre hüpptn zua Seite un floogn mitte kleeen Blaagn davon, graade biss zua Grenze det Landes: doat sproßte schonn dat easte Grüün heavoa; doat nahmen se Apschiet vonne Rentiare un dea Lappin un alle sachtn: „Leebe wohl!"

De eastn Vögelkes fingn au schonn am zwitschan, dea Wald hatte grüüne Knospm un aus ihm kam auffm prächtign Zossn, welchet Geada gut kannte, ne junge Schickse gerittn un hatte ne glänzende roote Kappe auffm Kopp un ne Knarre im Halfta; (hömma, et wa abba nich Rootkäppken, denn dat strauchlte ja beije "Grimms" duache Määchenwälda, nä); et wa dat kleene Räubamäädken, die et zu Hause satt hatte un inne Welt hinaus wollte; east geegn Noadn un dann spääta ma, wennet iha nich zusachte, nacha andren Himmlsrichtunk galoppiean.

153

Dat Määdken eakannte Geada sofoat un Geada eakannte se au sofoat; kea, wat wa dat ne Froide, sarrich euch!

„Du biss also dea schnukklige Patroon, dea teilakn gegangn is!" sachte se zum kleen Kay. „Ich möcht ja ma wissn tun, oppe et vadienz, dat man Deinetgleichn biss anz Ende vonne Welt renn tut um dich finden zu machn!"

Abba Geada mischte sich ein un untabrach dat Räubamäädken, se kloppte se auffe Wangn un fraachte nachm Prinzn un nache Prenzessin.

„Hömma, se sin einet Tachs iangswann nache fremdn Lända gereist!" sachte dat kleene Räubamäädken.

„Abba, wat issn mitte Krähe?" fraachte Geada.

„Ach kea, de Krähe is krepieat un liecht untam Toaf, weisse!" antwoatete dat Räubamäädken. „De aame zaame Geliepte is getz Witwe gewoadn un geht mittn schwattn Bändken umme Porrepiepe; se klaacht ganz jämmalich un lamentieat rum; nua noch dummet Gelaaba is dat Ganze, weisse! Abba vatell mich ma, wie et dich so eagangn is un wieje Kay eawischt hass!"

De kleene Geada un Kay fingn am kwatschn un eazäähltn iha de ganze Storrie!

„Schnipp – Schnapp – Schnurre, - Purre – Baselurre!" sachte dat Räubamäädken, nahm Beide beie Pootn un vaspraach, dat, wennse je duache Stadt komm sollte, se auma raufkomm un se besuuchn zu machn. Un dann schmisse sich auf ihan Zossn un ritt davon, weit inne Welt hinein. Abba Kay un de kleene Geada laatschtn beide Flosse in Flosse weita; un wiese so gingn, wa et nen prächtiga Frühlinkztach; de Blüümkes blüühtn un et wa so healich Grün; de Kiiachnglöckzkes läutetn un se eakanntn de hoohn Tüame, de Stadt un dat Häudsken; et wa

154

ganau dat, in dea se wohntn. Se gingn in selbiget rein un hin zua Tüare vonne Großmudda, wo allet imma noch wie früha auffm selbign Platz un an gleicha Stelle stant. Au de Uha gink imma noch un machte: „Tick Tack!" de Zeiga drehtn sich; abba indemse duache Tüa gingn, bemeaktn se, datse nun Eawachsn gewoadn waan. De Röösken ausse Dachrinne blüühtn zum offnen Fenstaken rein un da standn au noch de beidn klein Kindastühlkes un Kay un Geada setztn sich, ein Jeeda auf sein Stühlken un hieltn einanda beije Pootn; de kalte un leere Healichkeit beije Schneekönjin hattn se gleich innem schwean Träumken vagessn. De Großmudda saaß im Gottes helln Sonnschein in iha Schauklstüühlken un laas ausse heilige Bibl:

„Weadet iha nich wie de Blaagn, so weadet iha dat Reich Gottes nich eabm!"

Un Kay un Geada glotztn sich einanda an, glotztn sich inne Klüüsn un se vastandn auf eima den olln Gesank:

„Röösken, de blüühn un vaweehn; Wia wean dat Christkindken seehn!"

Da saaßn se nun Beide, eawachsn un doch noch Blaagn im Heazn; un et wa Somma, waama, wohltunda Somma, weisse.

*** **ENDE** ***